副刊文丛

主编 李辉 王刘纯

《红高粱》西行

李彤 著

中原出版传媒集团
中原传媒股份公司
大象出版社
郑州

图书在版编目(CIP)数据

《红高粱》西行/李彤著.— 郑州：大象出版社，2020.9
（副刊文丛/李辉，王刘纯主编）
ISBN 978-7-5711-0332-3

Ⅰ.①红… Ⅱ.①李… Ⅲ.①中国文学-当代文学-作品综合集 Ⅳ.①I217.1

中国版本图书馆 CIP 数据核字（2019）第 211390 号

《红高粱》西行
《HONGGAOLIANG》XI XING

李 彤 著

出 版 人	汪林中
项目统筹	李光洁　成　艳
责任编辑	曲　静
责任校对	张迎娟
封面设计	段　旭
内文设计	杜晓燕

出版发行	大象出版社（郑州市郑东新区祥盛街 27 号　邮政编码 450016）
发行科　0371-63863551　总编室　0371-65597936
网　　址	www.daxiang.cn
印　　刷	北京汇林印务有限公司
经　　销	各地新华书店经销
开　　本	787 mm×1092 mm　1/32
印　　张	9.25
字　　数	123 千字
版　　次	2020 年 9 月第 1 版　2020 年 9 月第 1 次印刷
定　　价	45.00 元

若发现印、装质量问题，影响阅读，请与承印厂联系调换。
印厂地址　北京市大兴区黄村镇南六环磁各庄立交桥南 200 米（中轴路东侧）
邮政编码　102600　　　　电话　010-61264834

"副刊文丛"总序

李 辉

设想编一套"副刊文丛"的念头由来已久。

中文报纸副刊历史可谓悠久,迄今已有百年。副刊为中文报纸的一大特色。自近代中国报纸诞生之后,几乎所有报纸都有不同类型、不同风格的副刊。在出版业尚不发达之际,精彩纷呈的副刊版面,几乎成为作者与读者之间最为便利的交流平台。百年间,副刊上发表过多少重要作品,培养过多少作家,若要认真统计,颇为不易。

"五四新文学"兴起,报纸副刊一时间成为重要作家与重要作品率先亮相的舞台,从鲁迅的小说《阿Q正传》、郭沫若的诗歌《女神》,到巴金的小说《家》等均是在北京、上海的报纸副刊上发表,从而产生广泛影响的。随着各类出版社雨后春笋般出现,杂志、书籍与报纸副刊渐次形成三足鼎立的局面,但是,不同区域或大小城市,都有不同类型的报纸副刊,因而形成不同层面的读者群,在与读者建立直接和广泛的联系方面,多年来报纸副刊一直占据优势。近些年,随着电视、网络等新兴媒体的崛起,报纸副刊的优势以及影响力开始减弱,长期以来副刊作为阵地培养作家的方式,也随之隐退,风光不再。

尽管如此,就报纸而言,副刊依旧具有稳定性,所刊文章更注重深度而非时效性。在新闻爆炸性滚动播出的当下,报纸的所谓新闻效应早已滞后,无法与昔日同日而语。在我看来,唯有副刊之类的版面,侧重于独家深度文章,侧重于作者不同角度的发现,才能与其他媒体相抗衡。或者说,只有副刊版面发表的不太注重新闻时效的文章,才足以让读者静下心,选择合适时间品茗细读,与之达到心领神会的交融。这或许才是一份报纸在新闻之外能够带给读者的最佳阅读体验。

1982年自复旦大学毕业,我进入报社,先是编辑《北京晚报》副刊《五色土》,后是编辑《人民日报》副刊《大地》,长达三十四年的光阴,几乎都是在编辑副刊。除了编辑副刊,我还在《中国青年报》《新民晚报》《南方周末》等的副刊上,开设了多年个人专栏。副刊与我,可谓不离不弃。编辑副刊三十余年,有幸与不少前辈文人交往,而他们中间的不少人,都曾编辑过副刊,如夏衍、沈从文、萧乾、刘北汜、吴祖光、郁风、柯灵、黄裳、袁鹰、姜德明等。在不同时期的这些前辈编辑那里，我感受着百年之间中国报纸副刊的斑斓景象与编辑情怀。

行将退休，编辑一套"副刊文丛"的想法愈加强烈。尽管面临新媒体的挑战，不少报纸副刊如今仍以其稳定性、原创性、丰富性等特点，坚守着文化品位和文化传承。一大批副刊编辑，不急不躁，沉着坚韧，以各自的才华和眼光，既编辑好不同精品专栏，又笔耕不辍，佳作迭出。鉴于此，我觉得有必要将中国各地报纸副刊的作品，以不同编辑方式予以整合，集中呈现，使纸媒副刊作品，在与新媒体的博弈中，以出版物的形式，留存历史，留存文化，便于日后人们借这套丛书领略中文报纸副刊（包括海外）曾经拥有过的丰富景象。

"副刊文丛"设想以两种类型出版，每年大约出版二十种。

第一类：精品栏目荟萃。约请各地中文报纸副刊，挑选精品专栏若干编选，涵盖文化、人物、历史、美术、收藏等领域。

第二类：个人作品精选。副刊编辑、在副刊开设个人专栏的作者，人才济济，各有专长，可从中挑选若干，编辑个人作品集。

初步计划先从20世纪80年代开始编选，然后，再往前延伸，直到"五四新文学"时期。如能坚持多年，相信能大致呈现中国报纸副刊的重要成果。

将这一想法与大象出版社社长王刘纯兄沟通，得到王兄的大力支持。如此大规模的一套"副刊文丛"，只有得到大象出版社各位同人的鼎力相助，构想才有一个落地的坚实平台。与大象出版社合作二十年，友情笃深，感谢历届社长和编辑们对我的支持，一直感觉自己仿佛早已是他们中间的一员。

在开始编选"副刊文丛"过程中，得到不少前辈与友人的支持。感谢王刘纯兄应允与我一起担任丛书主编，感谢袁鹰、姜德明两位副刊前辈同意出任"副刊文丛"的顾问，感谢姜德明先生为我编选的《副刊面面观》一书写序……

特别感谢所有来自海内外参与这套丛书的作者与朋友，没有你们的大力支持，构想不可能落地。

期待"副刊文丛"能够得到副刊编辑和读者的认可。期待更多朋友参与其中。期待"副刊文丛"能够坚持下去，真正成为一套文化积累的丛书，延续中文报纸副刊的历史脉络。

我们一起共同努力吧！

2016年7月10日，写于北京酷热中

目 录

历史身影,一一呈现
　　——李彤《〈红高粱〉西行》序　　李辉　1

影坛流云

活得舒展些,拍得洒脱些
　　——访张艺谋　　3
《红高粱》:自己种的高粱　　9
《红高粱》西行　　14
我写《〈红高粱〉西行》　　38
从《末代皇帝》说到《红高粱》　　52
戛纳晴雨　　57
戛纳,尽管不是凯歌
　　——《孩子王》西行追记　　70

在法国，我见到的潘虹

　　——戛纳电影节采访归来　　　　　　　　85

谁道是天无二日

　　——影、视《末代皇帝》之比较　　　　88

民族性与走向世界

　　——访美籍华裔影星卢燕　　　　　　　99

西影蒙太奇　　　　　　　　　　　　　　　105

漫说中国电影的"第五代"　　　　　　　　110

没有"上帝"　　　　　　　　　　　　　　124

电影：可以使地球更小些

　　——访吴子牛　　　　　　　　　　　　127

看《霸王别姬》怀陈凯歌　　　　　　　　　132

文海逝波

《鬈毛》试疏

　　——致陈建功　　　　　　　　　　　　143

《鬈毛》闲篇
　　——致李彤　　　　　　　陈建功　147
残损的手掌与书的青山　　　　　　　153
话说"书城"
　　——访北京图书馆新馆总建筑师杨芸　173
工艺美术：神奇而又亲近　　　　　　179
北京图书馆采访札记　　　　　　　　185
嗓门远不如诚挚重要
　　——《人民日报》文艺部首次"文化沙龙"小记　200
侨心百年　　　　　　　　　　　　　206

红楼偶得

当你站在巨人肩头……
　　——电视连续剧《红楼梦》观感三题　217
书影功成慰雪片
　　——读影印列宁格勒藏抄本《石头记》　225

拘谨之憾与超脱之途
　　——电视剧《红楼梦》琐议（上）　　228
续作之难与观赏习惯
　　——电视剧《红楼梦》琐议（下）　　233
喜见奇书传新影
　　——影印《蒙古王府本石头记》评介　　238
为红学筑一块基石
　　——《脂砚斋重评石头记汇校》首卷读后　　243
《红楼梦》价值几何？　　249

拙笔留痕

在走进考场之前　　257
礼花，开在坚实的地面　　262
爆竹，在今夜点燃　　265

后　记　　269

历史身影,一一呈现

——李彤《〈红高粱〉西行》序

李 辉

从复旦大学毕业,1982年2月我走进北京,在《北京晚报》工作五年多。记者与副刊编辑,我非常喜欢这个职业。记得在《北京晚报》期间,采访了不同前辈,报道不同的影视、文学。我自己特别喜欢开设的《作家近况》栏目、《居京琐记》栏目。那个时代,可以与不同前辈聊天，可以约请不同文人赐稿，如今想来，多么美好。

在《北京晚报》期间，我经常读《人民日报》副刊《大地》。李彤与我一样，也是1977年参加高考，进入北京大学中文系，大学毕业时他走进《人民日报》文艺部，成为专门报道文化活动的记者。80年代后期他报道张艺谋的《红高粱》、陈凯歌的《孩子王》等，十分精彩。

没有想到，1987年秋天，我也走进《人民日报》文艺部，继续编辑副刊，成为其中的一员。那个时候，上上下下，我们都直呼其名。袁鹰本名田钟洛，我们叫"老田"；姜德明、蓝翎（杨建中）、舒展、缪俊杰，我们都是叫老姜、老杨、老舒、老缪。文艺部各位朋友，关系十分融洽。

在文艺部，一待就是29年，2016年10月退休。说实话，我喜欢副刊编辑这个职业，最终能够在大象出版社编辑出版一套"副刊文丛"，也是我的一个梦想。我常说，副刊是半部文学史，的确如此。

非常高兴约请李彤兄，将上世纪八九十年代他发表在不同副刊的作品，结集出版，书名就叫《〈红高粱〉西行》。作为记者，李彤报道张艺谋是比较早的一位。

李彤采访张艺谋，标题用得特别有趣："活得舒展些，拍得洒脱些——访张艺谋"。当时《大地》副刊有个栏目《文心探访》，这篇报道就发表在1988年1月16日。报道开篇，李彤这样写道："张艺谋，36岁（一说张艺谋生于1950年），人称'秦国人'。供职于电影界，身穿广西厂的工作服，却接连在西安厂拍片，不知其所司何职。先以《黄土地》获'金鸡奖'最佳摄影奖，继因《老井》获第二届东京国际电影节最佳男主角奖，近日又执导了《红高粱》。"李彤是位善于提问的记者。他在此文后面写道："1987年12月23日中午，导演张艺谋携他的新片《红高粱》到人民日报社放映。我在看完后，请他到办公室，谈了一个小时，因成此篇。此文的发表，远在电影《红高粱》获奖和公映之前。"与张艺谋的交流对话，特别有趣：

记者：吴天明在东京领奖台上说"张艺谋听到他获奖的消息后，一定会就地翻几个跟头"。他说对了吗？

张：消息传来时我们正在宁夏荒原上拍《红高粱》中祭酒神的镜头。伙伴们先冲我怪笑，然后又把我抛起来。我当演员纯粹是撞上的，我认真去做了，"本色"到底，大概是"一次性"的吧！当你突然发现自己多做了一件原以为不可能做的事，也是愉快的。这段经历对当导演有好处，知道了怎样才能把演员的能力发挥出来。干过摄影的好处更明显，如果能再多干几样会更有好处。当导演则是我多年来的夙愿，一直攒着想法，等待机会，因为我觉得当导演更能表现个性。

记者：《黄土地》你一心扶助陈凯歌，《老井》你全力贴近吴天明，《红高粱》里又跳出个与他们都不同的张艺谋。这是你有意为之的吧？

张：（微笑）电影是人与人交流的一个很大的媒介。创作者都是想发言，若是出世的人就不必创作了，"自娱说"也是假的，发了言就希望人家有反应、有共鸣、有理解。当导演就是一个最好的发言席位。我对电影有一种迷恋,朋友之间曾开玩笑说:电影是条"贼船",上去就下不来了。

就在1988年2月23日,根据莫言小说改编的电影《红高粱》走向世界,导演张艺谋凭此获得第38届西柏林国际电影节"金熊奖"。为这部《红高粱》,李彤写了一篇报告文学《〈红高粱〉西行》。李彤写道:"这天是中国龙年正月初七,人日。《燕京岁时记》谓:'是日天气清明者则人生繁衍。'"除夕之夜,张艺谋一次又一次高歌:"妹妹你大胆地往前走哇,往前走,莫回头,通天的大路九千九百九。从此后,你搭起那红绣楼,抛撒着红绣球,正打中我的头哇。与你喝一壶红红的高粱酒。呀嗨——"《红高粱》,如此这般,呈现在世人眼前。

从此,三十余年来张艺谋拍摄了不同的电影。最近,编剧全勇先创作的谍报剧《悬崖之上》,即将由张艺谋拍摄为电影,值得我们期待。

1988年也是副刊红红火火的日子。春天,文艺部与《贵州日报》合作,请一批杂文家前往贵阳,举办"花溪笔会",黄裳、严秀、邵燕祥等几十人一起前往。随后,举办"风华杂文征文",吸引全国各地作者投稿。冬天,副刊开设"七味笔谭",邀请杨宪益、金克木、黄苗子、冯亦代、杨绛、董乐山、宗璞成为作者,也是一大盛事。

1989年"两会"召开,文艺部约请百十位人大代表与政协委员,在北京地质礼堂娱乐中心举办一个"文化沙龙"。此次的沙龙时间在3月24日,正逢"两会"召开之际的一个春夜。李彤写道:

> 自称长期自费订阅《人民日报》同时也为《人民日报》写一点小文章的郁钧剑,除自己唱歌,还愉快地担任了节目主持人。场中轻松的气氛和观众颇详内情的"点将",调动起一位位文化名人的表演欲望。魏明伦扯开"莎士比亚的嗓门"唱一段川剧;被称为"酒仙"的杨宪益借着醉意哼了两句英语的《一路平安》;郁风即景编词来上一曲民歌;晨耕、张非也合唱了他们年轻时熟悉的小调;潇洒的张贤亮和拘谨的沈鹏各讲一段据说是本人经历的笑话,同样使人开颜。陈昊苏在卡拉OK带的伴奏下,虽然节奏和音调都不那么准却极为认真地高

歌一曲《雪城》主题歌，被公认为优秀节目之一。

书画家们乘兴挥毫。方成、苗地作漫画人像，韩美林作大写意骏马。黄苗子以法度严整的篆书题一幅"此处不可小便"，据黄宗江作注，其意在响应亚运会之前北京市政府重开文明教育的号召。黄永玉画了一幅八哥，题款为："在音乐中嗓门远远不如诚挚重要"。这是在安慰刚才登台的业余演员们呢，还是在讲为人为文之道？

如此美好的沙龙，至今永远难忘。

1989年秋天，李彤、钱宁出国了。后来，李纳去了澳大利亚，傅旭、朱碧森、童古丽珂也去了美国。

90年代中期，钱宁兄从美国归来。他告诉我，他写了百年期间中国留学生前往美国留学的故事，交给我看。钱宁的笔下，把中国百年留学的来龙去脉，写得颇为精彩。我改名为《留学美国——一个时代的故事》，将之推荐给江苏文艺出版社。这本书出版后，一炮打响，引起诸多读者对百年留学美国的关注。

旅居加拿大多伦多的李彤，90年代初专门写了一篇陈凯歌的《霸王别姬》，现在读来依然精彩。有趣的是，李彤后来居然成为装修房子的专家。他的那本书《北美寻家记》，也是由江苏文艺出版社2018年5月出版。

2017年5月，我们第一次前往加拿大，在多伦多终于与李彤兄见面。聊天时，我说，你在不同报纸副刊发表的文章，可以结集出版。他欣然同意。于是，这本《〈红高粱〉西行》经过一番努力，终于纳入"副刊文丛"系列。

我想，这本书一定不会让大家失望。《在走进考场之前》的故事，以报告文学描述庐山图书馆馆长徐效钢《残损的手掌与书的青山》的故事，写文艺部的文艺沙龙，写电视剧《红楼梦》与《石头记》……可以说，在李彤笔下，一个时代的历史身影，一一呈现于我们眼前。

2019年3月10日，北京看云斋

影坛流云

活得舒展些,拍得洒脱些

——访张艺谋

张艺谋,36岁(一说张艺谋生于1950年),人称"秦国人"。供职于电影界,身穿广西厂的工作服,却接连在西安厂拍片,不知其所司何职。先以《黄土地》获"金鸡奖"最佳摄影奖,继因《老井》获第二届东京国际电影节最佳男主角奖,近日又执导了《红高粱》。

记者:吴天明在东京领奖台上说"张艺谋听到他获奖的消息后,一定会就地翻几个跟头"。他说对了吗?

张:消息传来时我们正在宁夏荒原上拍《红高粱》中祭酒神的镜头。伙伴们先冲我怪笑,然后又把我抛起来。我当演员纯粹是撞上的,我认真去做了,"本色"

到底，大概是"一次性"的吧！当你突然发现自己多做了一件原以为不可能做的事，也是愉快的。这段经历对当导演有好处，知道了怎样才能把演员的能力发挥出来。干过摄影的好处更明显，如果能再多干几样会更有好处。当导演则是我多年来的夙愿，一直攒着想法，等待机会，因为我觉得当导演更能表现个性。

记者：《黄土地》你一心扶助陈凯歌，《老井》你全力贴近吴天明，《红高粱》里又跳出个与他们都不同的张艺谋。这是你有意为之的吧？

张：（微笑）电影是人与人交流的一个很大的媒介。创作者都是想发言，若是出世的人就不必创作了，"自娱说"也是假的，发了言就希望人家有反应、有共鸣、有理解。当导演就是一个最好的发言席位。我对电影有一种迷恋，朋友之间曾开玩笑说：电影是条"贼船"，上去就下不来了。

记者：你对同辈青年导演的探索怎么看？

张：我们这批人刚从电影学院毕业时，怀着求变、对传统进行反拨的强烈愿望，要抛弃高度戏剧性的手法而换一种拍法。当我们慢慢认识到淡化过火效果不佳时，便会自觉调整。我佩服陈凯歌艺术追求的执着。我认为中国电影的形态太少了，应该多些、丰富些。我不愿重复别人，而这恰恰需要多看别人的作品。每次出国我都拼命看电影，听不懂也硬看，无非是一段故事，看人家怎么把它讲出来。我看好电影，也看差电影，认识到"不能"这么拍，有时比"能"更重要。

记者：现在我们来谈谈《红高粱》吧。电影比小说原作有了较大变化，你着意想表现什么呢？

张：我认为小说里的刺激性场面或"魔幻"手法都是次要的。它最打动我的是爷爷和奶奶的爱情传奇，是充满活力的人，是那种豪放舒展的活法。高粱与人结合为一体，这里没有扭曲的心态，没有女人的重负或男人的萎缩，有的是热血沸腾的活力。中国人应该活得舒展些。我们的祖上曾经是有声有色的，活得洒脱，死得痛快，但近几百年快折腾没了。今天我们要强起来，除了经济实力，重要的是心态的振奋。我想表现人一种本质的对生命的爱、对践踏生命者（日寇是其象征）的恨，想唱出一曲对具有理想色彩的人格的赞歌。

记者：现在看影片，这股劲儿出来了。是否再说说你的艺术追求？

张：我们试图达到雅俗的结合，或者叫可思性与可视性的结合。在国际电影节上听外国影评家评电影，他们首先说"好看"或"不好看"，然后才作分析。我想让独具性格的人物、跌宕起伏的情节与造型、音响的因素融合在一起，造成一种传奇色彩。有一种说法，年轻导演只让演员当工具、当符号，你看我们片中的姜文是这样吗？我想拍得没有奶油气，没有矫饰气，不用细腻的心态描绘，而用豪放的粗笔触，有意识地糙一点。跟影片要表现的内容相适应，我们抱着自由的、不受束缚的态度去拍，也可以叫"没王法"。比如当地并没有"颠轿"的风俗，高粱酒我们也不知该怎么造，我们就琢磨着这么拍了。（记者：我们也相信了，这就是婚俗，这就是造酒工艺，而且还很有意思。）能不能这么说：在艺术中可以强化某种民俗？在摄影方面，我们强调动——人的动和摄影机的动。因为剧中人和幕后人都有热情，我们希望摄影机也有热情。这与《黄土地》中为表现情绪的沉重、迟缓而多采用静止镜头，也有意识地拉开了距离。还有节奏，我希望做到"密不透风，疏可走马"，适应观众心理张弛的节奏。节奏，是最考验导演功力的。

记者：某报称你"影坛奇才"，有人叫你"获奖专业户"，对此你有何话说？

张：《红高粱》里有一句台词："一亩高粱九担半，十个杂种九个混蛋。"也许本片和我本人也是一个"杂种"吧。还有人打了这么个比方．别人拍片是把直的拧成麻花，而我们这片子是把麻花抻直了。

记者：无论是为人或为艺，这个"直麻花"都有些嚼头呢！

（《人民日报》1988年1月16日）

【夕拾缀语】

本篇与后面数篇对话体专访，都属于当年《人民日报》副刊上的《文心探访》栏目,体例是固定的。1987年12月23日中午,导演张艺谋携他的新片《红高粱》到人民日报社放映。我在看完后,请他到办公室,谈了一个小时,因成此篇。此文的发表,远在电影《红高粱》获奖和公映之前。

《红高粱》：自己种的高粱

银幕上被赋予了魂灵的那一百多亩高粱，不属于任何一家农户或联合体，而是摄制组自己种的。那盛酒的巨缸海碗，不购自任何一家山货店，而是他们自己定制的。那俚俗粗犷的颠轿曲或祭酒歌，不得于采风也非词人拟作，而是他们自己一句句凑出来的。

是在记述、再现"我爷爷、我奶奶"的光荣历史，还是在抒发、表现"我"自己要说的话？从一般的艺术规律来说，应该是兼而有之。但特殊说来，无论莫言还是张艺谋，侧重的都是后者。我在评莫言某同窗的一篇小说时曾说：不必怕经不起前代对事实的检验，也不必承担为后代记载历史的责任，你可以认为，你的作品就是创作者在向当代人发言。张艺谋又不是莫言，"忠于原著"四个字大概从来没在他脑袋里占据过位置。他与莫言的小说"神交"并爆发出火花之点,是在爷爷奶奶的爱情传奇,在充满活力的人,在那种豪放舒展的活法。于是,他便就此大力铺陈,匠心装点,而把抗日战争的背景推向更远处。于是,爱情传奇占去三分之二篇幅,只给杀戮与复仇留下三分之一,战斗的规模由一场有组织有计划的伏击,缩小为几个烧锅伙计的自发复仇。这样,反而赋予后者以更强的象征意义——对生命的践踏与生命力不容践踏的必然爆发。当张艺谋终于有机会站在导演这个位置上发言的时候,他说的是:人,应该活得更舒展些。

这句话,是用高粱蘸着高粱酒,以一种洒脱无羁的笔触写在银幕上的。王国维老先生提出的相对于"写境"而言的"造境"二字,用于这类以表现为主的影片,是再恰当不过了。把按照构思造出来的物质的实境记录于胶片,得到的已不是实境的记录,因为它经过了编导者心灵的过滤,情节人物已适度变形,加上蒙太奇的组接与造型、音响的配合,将创作者心中的幻境,还原为一种银幕上人人可见的亦幻亦真之境——这就是电影的"造境"。这种艺术创造,比对原作主题的认识带有更强的个性色彩。高粱化成了一片抖鬃振鬣、俯仰有情、与人共命、为爱折腰的精灵之海(不愧为自己种的);血一样红的高粱酒既是生命力的结晶,也是生命力的卫士和杀敌的武器。颠花轿与祭酒神,这一动一静、一谐一庄的两个精彩段落,小说里没有,民俗里也找不到,何妨把它们看作是导演、演员们活力的勃发与智慧的闪光!高粱因日食而红,你说是无奈之法也好,说是神来之笔也罢,反正它比真正的红高粱给人以更强烈的视觉冲击和情绪启迪,让人去琢磨什么"多义性"之类。这时传来"我"童声喊出的诔文:"娘,娘,上西南,宽宽的大路,长长的宝船……"影片以此作结,岂不正是创作者对豪迈祖先唱出的一曲《国殇》或《招魂》?还有那笼罩全片的诙谐、调侃、俚俗、纯朴(不装孙子)劲儿,以大俗而入大雅层次。这种生活中散见而艺术中难得的"劲儿",不正是生机蓬勃、豪迈自信的表层流露吗?张艺谋说,他拍起来是由着性儿,"没王法"的;而专家和我们看着,却不觉"犯规",只觉尽兴。也许规矩和性情本身就是一对矛盾?也许他已达到了"从心所欲不逾矩"?我只知规矩都是人定的。《红高粱》摆在那儿,它也不想成为后人的某种规矩。

他不是在为莫言代言,他也不说陈凯歌的话,不学吴天明的舌。他曾一心为陈凯歌扛过机器,曾全力为吴天明背过石板,他理所当然也心甘情愿地分别与陈、吴复合为一体。那时,有谁曾想到他还会摇身一变为第三种形象呢?他毕竟是从黄土地上踩过来的,是从老井村里走出来的,然后才有了高粱地里迥别于他人的创造。我的意思不止是说,他作为导演从摄影和表演的经验中获益,更重要的是,经历了那样两次或写意空灵或写实逼真的艺术体验,才使不愿踩别人或自己脚印的张艺谋一定要另辟蹊径,我们的影坛才有了这样一条新路。作为"秦国人",他认同于长安画派。如果说陈凯歌清淡如林风眠,吴天明厚重如李可染,张艺谋就是粗犷疏朗中带点诡谲的石鲁。我们知道,他为此默默地积累了多年;或者可以说,中国影坛也为此积累了多年。

看《红高粱》是一种全新的审美体验。它在直观或感性上的感染力达到这种程度——你用任何过分科学化的概念或理性化的剖析待之，都显得唐突。留下些意在言外的琢磨劲儿，也就够了。比如："那年我回老家时，青杀口的桥还在，只是没了高粱。"那血气方刚的"高粱"难道只存活在祖上，留影于银幕，却在现而今的实地上绝迹了吗？不要做过实的读解了，各位都可以到张艺谋的高粱地里去自取一枝，咂咂味道；若能每人都种出自己的红高粱来，他也就不必慨叹了。

（《中国青年报》1988年2月21日）

【夕拾缀语】

因为有前一篇先睹为快和与导演对谈的基础，写成此篇影评。感谢《中国青年报》的编辑们，使本文于《红高粱》在柏林电影节获奖之前两天见报。

《红高粱》西行

"眼前出现了一条崭新的,同时是陌生的、铺满了红高粱钻石般籽粒的宽广大道,道路两侧的沟渠里,蓄留着澄澈如气的高粱酒浆。路两边依旧是坦坦荡荡、大智若愚的红高粱集体,现实中的红高粱与幻觉中的红高粱融成一体,难辨真假。"(莫言《高粱酒》)这是"我奶奶"的感觉,还是张艺谋的?

1951年9月10日,水城威尼斯。在此举行的国际电影节把"圣马克金狮奖"授给日本影片《罗生门》。导演黑泽明名声大震,东瀛四岛一片欢腾。《日本电影史》称:"从这天开始,日本电影被看作来自东方的启发,在欧美各国一跃而居最高的地位。"

在此之前两个月,西柏林始有国际电影节之设。在此之后两个月,中国干旱的周秦古原上,降生了一个男孩。

1988年2月23日,中国导演张艺谋大笑着接过因《红高粱》而获得的第38届西柏林国际电影节"金熊奖"。这天是中国龙年正月初七,人日。《燕京岁时记》谓:"是日天气清明者则人生繁衍。"

除夕夜对着留学海外的游子,归国后对着"娘家人",张艺谋一次次扯开他的"糙"嗓子,吼一曲自编的俚词土调:"妹妹你大胆地往前走哇,往前走,莫回头,通天的大路九千九百九。从此后,你搭起那红绣楼,抛撒着红绣球,正打中我的头哇。与你喝一壶红红的高粱酒。呀嗨——"

艺谋你大胆地往前走

A

一片黑暗中,渐显出"我奶奶"的脸,年轻漂亮,灵气逼人。画外音说,她要嫁给50多岁有麻风病的李大头。刚让你揪上心,紧接着就是令你亢奋的华彩段落。由轿把式"我爷爷"领头,七八条坑坑洼洼的粗嗓齐唱起节奏鲜明的"颠轿曲",八条健腿左扭右拐,四副肩背起伏跌宕,呼应进退,默契浑成。舞到得意处,轿杠在左右两肩甩来甩去,直把一乘小轿颠成了浪里扁舟。裸露的青白头皮和赤褐上身,因兴奋而放出红光;大脚踏得燥土扬尘,侧逆光里,生龙活虎的迎亲队真如腾云驾雾一般。环境贫瘠如洪荒时代,"我爷爷"们却如此无拘无束,肆意放胆,自娱寻欢,大步前行。而张艺谋们也够大胆了,他们要"创造"民俗!四个演员在招待所旁的空地上扭了两个下午,扭出一段虚实难辨的绝唱。你分得开来吗?那是祖辈们旺盛活力的勃发,还是艺术新人创造能力的宣泄?

B

西柏林。放映室的灯亮了,11位评委起立,向电影节主席德·哈登先生鼓掌,祝贺他选来这么一部好影片参赛。主席诧异,这些来自意大利、美国、英国、联邦德国、民主德国、苏联和瑞典的影界名流,何时曾如此一致？主席惭愧，他曾坚持非《孩子王》不取，险些与《红高粱》失之交臂。

以体育比电影，如果说戛纳是奥运会，威尼斯是世界锦标赛，西柏林就是世界杯。哪国有影片正式参赛，哪国的国旗就高悬在主会场动物园宫门外。2月10日，中国电影小组三人飞抵这里后，审视对手，不禁暗自心惊。

苏联的《女政委》拍摄于1967年，被禁演20年后复出。那导演在劳改营中经历的沧桑磨难，至今刻在脸上，直接作用于西方观众的心理倾向。首映式后，他的记者招待会人满为患。

是巧合还是有意？越大西洋而来的风吹到西柏林，奥斯卡奖提名公布，美国送来参赛的《广播新闻》和《月亮欲》分别获7项和6项提名。《广播新闻》拍的就是记者的事，在与会的1500多名记者中引起强烈共鸣。

民主德国影片，与西柏林观众有着先天的亲近感；《甘地传》的导演和波兰大导演瓦依达的新作，都让人另眼相看……

就在不久以前,那些鼎鼎大名还只能令我们远远仰视的,如今却要同场竞技试比高了。人家还送来了女明星,万众瞩目;送来了精美的宣传品,广为散发。女明星往台上一站,心理影响立刻不一样。而《红高粱》呢?"就我一个糙老爷们儿,加上黄建中导演的捧场。"记者来采访,连一张黑白剧照也拿不出。(黄建中回京后与友人痛饮,声泪俱下道:"我们是赤脚跑马拉松,赤膊上竞技场啊……")到了这个份儿上,只能说:艺谋,"你大胆地往前走"吧!

C

艺谋称我"哥们儿",我便缠住他作竟夜长谈。摄影顾长卫、美工杨钢也在。

"我的性格跟这部片子好像是反的,长期是压抑、收敛、封闭、内向,一旦独立拍片了,就想搞得张扬、狂放。(顾长卫:在电影学院,他是我们认真实诚的老大哥,现在却玩得潇洒了。)艺术永远是人想实现寄托的精神世界,生活满足时出不来好东西,渴求苦盼时才会有热情，出好活儿。我的大伯父去了台湾，前两年我把光着膀子拍《黄土地》的照片寄给他，他回信说：'艺谋贤侄：看到照片，觉得你一定是个工作很卖力的人。'可以想见，我们家在那10年中的境遇，6口人下到5个地方。这个家全靠我母亲了，她开朗、干练，她一回来家里就很活气。（这跟影片里的"我奶奶"有没有联系？他迟疑了一下）也许每一个男导演塑造的女主角都是他潜意识中的女性或母性形象吧？我确实把原小说中比较风流的九儿改为纯情了。我插队3年，又进棉纺厂当了7年搬运工（所以演《老井》时背得动200来斤的石板）。1978年考电影学院，开始连报名都不让，嫌我老了，超龄两岁。（电影学院差一点与他失之交臂，跟10年后的西柏林电影节一样。他27岁时就以老自惭，绝想不到过了10年人家还称他"青年导演"）后来的事你都知道了，拍了《一个和八个》《黄土地》《大阅兵》。我早就憋着劲儿当导演，入伙《老井》时打定了主意，为吴天明最后当　次摄影师，谁知却极偶然地成了主演。（其实他在《老井》中还不止一身二任，编剧就承认，剧本乃三人的混血儿。编剧这样描绘那时的他:"相貌极平常朴素,尤其令人呼吸舒畅的是绝无影圈名流不易脱俗的牛皮哄哄劲儿。说是国内外知名摄影,不如说是闯进西影村叫卖鸡蛋豆腐之农村小贩。书桌上扔着几本心理分析著作,途经香港买的,好叫人眼馋。")我妈先来信问:'你怎么可能演电影?'等看过了又说:'怎么看都是你,不是旺泉。'这一回,我爸认为《红高粱》不如《老井》,我妈认为《老井》不如《红高粱》。我呢,想到了我们和'第四代'导演的不同。他们是在成熟时期受创痛,我们是受创痛之后才成熟,苦难留给我们和他们的痕迹是不同的。所以我们这一代人的反思,往往是远远地看,比如《黄土地》;或者更超脱些,这就是《红高粱》。我想,一个人无论生活境遇如何,都应该保持最强大的生命意识。人本身是勇敢的。"

通天的大路九千九百九

A

高粱绿海中,迎亲队路遇劫道者,"我爷爷"率众伙计奋起搏斗,救下"我奶奶",他也就看中了"我奶奶"。三天后回门,又到高粱绿海间,"我奶奶"被一蒙面大汉拦腰抱入高粱的密林。高粱被撞开,高粱又合拢,高粱左闪右躲,高粱前堵后追。你当然猜到了,汉子就是"我爷爷"。"我爷爷"双目里有热血喷涌,"我奶奶"眼眶中有热泪晶莹。"我爷爷"如疯如狂,左蹬右踏,猛压猛踩,高粱在他脚下咔咔折断,伏地伺候。这时,摄影机仰面围着激烈动作的"我爷爷"做圆周运动,阳光直接向着镜头喷射,嚓嚓嚓横扫银幕,更把高粱镀得如金似玉,通体透明。当镜头变成全景俯瞰的时候,你才发现高粱绿海中已浮出一块圆形圣坛,匍匐的高粱澄碧无尘,甘作天地交合的锦茵绣毯。"我奶奶"仰卧不动,"我爷爷"双膝跪下。这时,你仿佛刚刚听到风中高粱的低吟长啸,又响起直透心房的咚咚鼓声,响起高扬入云的唢呐长鸣。再看高粱,已化成一片精灵之海,抖鬃振鬣,俯仰有情,与人共命,为爱折腰……

在没有路的高粱密林中,有"我奶奶"的一条通天大路。在高楼的密林中,你老觉得活得累,活得拘谨,活得没滋味,找找你的通天大路吧!

B

15日,电影节开幕后第三天,最热闹的黄金时间,《红高粱》首映。片尾字幕一出,掌声即起;待张艺谋出现在二楼前排,掌声更烈。黄建中看表,足足响了10分钟。两天里爆满5场,还有人说没看到,再加一场。

记者们开始不断造访,一谈就是两个小时,害得艺谋少看了好多电影,直觉得心疼。17日,西德电视一台来录制节目,说好了,在23日发奖的当晚,本届电影节上美、苏、中三大强国的节目一起向全欧洲播出,中国占一个半小时。

报纸来了,热心的留学生帮助译成中文:

"这部影片就像是一首反映人民昔日生活的叙事歌谣。讲述者回忆了自己的爷爷同奶奶结合的那段经历——影片把这段经历表现得极富幽默感并充满激情。观众惊讶地、入神地望着银幕,他们不仅被强烈的画面语言所震惊,而且也因一种异国风格和感情的粗犷色彩而感到有点迷惘。有一点是肯定的,那就是这部影片在这次电影节上将是不同凡响的。"(2月16日《晨报》)

"这是一部具有浓郁生活色彩的,粗犷而五彩缤纷的影片,很像是薄伽丘《十日谈》里的一个故事。影片中所表现的那些善良的人和单一朴素的自然景观,也许只有在帕索里尼(意大利名导演)那里才能找到。而这一切却是来自中国。"(同日《人民日报》)

某日冷餐会,英国女明星蒂尔达·斯文顿站到艺谋面前:"这是我多年来看到的唯一称得上是电影的影片。"她又挤挤眼,"你要知道,我是评委。"

19日,德意志联邦共和国总统魏茨泽克宴请各国代表。各国均限一人出席,唯独中国三人全数被邀。黄建中早准备好照相机,只等艺谋与总统握手便照。谁知电池不争气,闪光灯不亮!总统竟特意等了一会儿。总统说:"听说《红高粱》是一部很好的电影,我很想看到。

祝你好运气!"

就在这次宴会上,一位矮矮胖胖的美国影评家身穿蓝色中山装,满场向人炫耀:这是在北京买的,完全正宗!他拉住张艺谋的手:"我是为中国电影而穿。你们为什么穿西装,不穿中山装?"

21日,在联邦德国发行中国影片的杜尼约克先生请中国客人吃巴伐利亚菜,没想到电影节主席德·哈登也在席间。主席说:"祝你们5月在戛纳也取得这样的成功。"然后他就历数与斯诺、伊文斯的交谊,他与中国的友情已有数十年渊源。

条条渠道,种种预感,似乎通向一个目标……

C

"百十亩高粱是我们自己种的。去年7月,全组拉到山东,才发现高粱严重发育不良。于是浇水抗旱,都先做了半个月农民。我心里急,白天黑夜在高粱地里乱转。一场雨下透了,你在地里听,四周围全是乱七八糟的动静。棵棵高粱都跟生孩子似的,嘴里哼哼着,浑身骨节全发脆响,眼瞅着一节一节往上蹿。人淹在高粱棵子里，直觉着仿佛置身于生育大广场，满世界都是绿，满耳朵都是响，满眼睛都是活脱脱的生灵。

"我一向喜欢浓郁的有力度有热情的作品。欧文·斯通的《渴望生活》我读了好几遍，凡·高坎坷潦倒，他的画却越来越有激情——那旋转的笔触，那明亮的色彩。我喜欢长安画派，赵望云、石鲁画黄土高原，大块厚实，枯笔特多，绝不像潮乎乎的江南小景。我去看茂陵、霍去病墓石刻，一块飞来石，就告诉你是虎，是马，神似！秦砖汉瓦块儿有多大，秦腔黑头苍劲粗犷，连陕西小吃都比别的地方大！它们引我想：我们的祖先是怎么个活法？

"我看中了莫言的这片高粱地，这些神事儿，这些男人女人。中国人就该是这样的——豪爽开朗，旷达豁然，生生死死中狂放出浑身的热气和活力，随心所欲里透出作为人的自在和快乐。我索性不讲含蓄，不要细腻，酣畅粗放地去表现：旷旷荡荡的高粱地，天地间跃动着一群精灵，散发出活泼泼的热情，他们没病！"

搭起那红绣楼，抛撒着红绣球

A

李大头不知被谁杀了，"我奶奶"就成了十八里坡烧酒锅的掌柜。这时你才得知她叫九儿。九儿的凝聚力留住了众伙计，要弃旧图新。高粱酒能消千病百毒，那就把十八里坡泼上三遍！酒似红雨，漫天泼洒，人地皆红。待到九月初九，你才和九儿一起第一次见识到由高粱到酒的神奇转化。蒸锅高耸，热气升腾，赤身挥汗，协力一拼。水火夹攻，冷热相激，方得见一股红亮亮的液体徐徐下注，这便是高粱酒了。烛光香火中，众伙计捧起其大如盆的满碗新酒，虔诚肃穆地排列于酒神像前，运丹田之气高唱"酒神曲"。那歌单表高粱酒的好处："喝了咱的酒哇，上下通气不咳嗽，滋阴壮阳嘴不臭，一人敢走青杀口，见了皇帝不磕头……"九儿端酒一饮而尽。你绝未料到热点转瞬变冷，神明突遭亵渎——"我爷爷"极轻蔑地把尿撒在酒篓里。转身他便向九儿显示自己的伟力，灼人热浪中，一双赤膊把木锨舞得如车轮一般，热腾腾的酒糟横射而出,直打在九儿的脸上、身前。"我爷爷"像热浪里的一条红鱼,"我奶奶"如红雨中的一座石雕。"我爷爷"就这样抢到了"红绣球",那酒就这样成了极好的"十八里红"。

"高粱酒这回我可是领教了,称得上悲壮暴烈。大海碗满满地端上来,几口下肚,浑身燥热,千回百转,人便没了往常的规矩,哇哩哇啦的,整个世界都不再往眼里搁,撒开性子胡折腾,直想抡大刀。"你听听张艺谋这酒后之言!

B

渐进高潮。21日,各种预测开始流传。22日,评委会闭门开会。23日上午,似乎无缘无故,便有人上前握手,有人挤眼微笑,有人在街上追着张艺谋啪啪啪便照,还有人来探讨:片名怎么译更好?

下午4时,评奖结果正式公布:《红高粱》获大奖!黄建中一数,12台摄像机——12家电视台在记录这个场面。

晚8点,辉煌的颁奖仪式。好心人关照艺谋一定要穿西装，他却觉得浑身别扭。电影里，生生死死的场面被他拍得像一种仪式，到了正经仪式上，他却不那么自如了。他走到动物园宫前排座位，与众评委寒暄握手，这才第一次与评委们接触。现在可以说了：评委们昨晚又一次惊讶了——事先未经任何讨论，11票全数通过，诸评委都没有把票投给本国影片。只用了20分钟，评委们不记得以前哪一届评大奖时曾如此省心省事。

　　大幕拉开，张艺谋才发现为故事片设的金熊奖只有一个，余皆银熊。评委会主席（亦是威尼斯电影节主席）古格列莫·毕拉基先生道："我现在颁发本届电影节长故事片最重要的奖……"张艺谋接过灿灿金熊，面对掌声，没有绅士风度的招手，还是按他到西柏林后的习惯，曲臂握拳，猛晃两下，那意思是——挑战！

　　张艺谋讲话："一部电影不是一个人能完成的，我代表我年轻的朋友们来领奖……"

　　越过7小时时差，中国已是深夜。西安电影制片厂宿舍楼间，突然爆出一声嘶喊："《红高粱》得奖啦！"什么奖？不知道！顾长卫、杨钢和摄制组几个哥们儿聚到吴天明家，急得在屋里转磨："艺谋真傻，怎么不打个电传或电话回来？你要是没钱，就说叫吴天明付嘛！"

西柏林。张艺谋哪里能脱身？鲜花与美酒包围着他，闪光灯和话筒包围着他，十余国记者采访，十余国片商争购，其他电影节也来相邀……

西安。喜到极处说不出来，只是互相用力拍肩膀。"这是怎么了？西影厂成精了！"拉开冰箱只有几瓶黑啤酒，就着鸡爪子啃吧。哥儿几个告诉吴天明，《老井》得奖的消息传到《红高粱》在宁夏的外景地，他们也曾喜极无言，相对大笑。"艺谋你说吧，是请我们吃一顿，还是让我们打一顿？"

西柏林。几位中国留学生跑到张艺谋的房间纵酒狂欢，直折腾到凌晨。电话铃响了，来自中国台湾的张小姐传达杜尼约克的信息：据查，西柏林金熊奖从未不曾被亚洲人捧走，仅日本得过一次银熊。电话又响，这次是张小姐自己的叮嘱："明天一定很累，请你马上洗个澡，好好睡觉。我放下电话就要去为你喝酒，但你自己可别喝啦！"

C

"本来传说摄影、美工、女演员都可能获奖。小顾，有人说你的摄影跟好莱坞最好的摄影师相比，也毫不逊色。（顾长卫和杨钢已经脱衣上床了）创作班子第一重要。我们这伙人艺术素质和感觉一致，可以在一个档次上互相刺激，老话就叫人和。我们在山东钻高粱地，杨钢在宁夏搭景，一别两个多月。等我们到宁夏一看，都喊：'绝了！'用人踩高粱是道具小雷提出的，比我原来设计的用碾子轧高粱深刻多了。（杨钢：艺谋和天明一样，没有莫名其妙的虚荣心，而是集中大家的智慧和才能。也怪了，拍得不了奖的片子比拍得奖的还烦人。摄制组里的"戏外戏"多了，这个组就没戏了。）

"吴天明是我碰到的最好的人。他拉我拍《老井》时明说：'合作是合作，但不是你吃掉我，而是我吃掉你！'我真心甘情愿地被他给消化了。一拍《红高粱》，他就把我吐出来了，放手让我折腾。他能在小说正受非议，本子还没通过的时候，暗地准我们先种下百十亩高粱，没点魄力办得到吗？没有吴天明，不可能有《红高梁》。我始终把他当朋友,当兄长,不当厂长看。西柏林的这个'红绣球',并不只打在我一个人头上。我在那儿的感觉是:整个中国都在往起站!"

与你喝一壶红红的高粱酒

A

日本侵略者说来就来。刺刀驱赶着黑压压的人群,去踩倒绿油油的高粱,令你心悸。尸横遍野的高粱地,成为中国人受戮的屠场,令你发指。血红的夜,高粱酒被腾地点燃。"酒神曲"再一次由"我爷爷"领唱时,已是复仇前悲壮的誓师。轿杠、高粱酒这些生命力的凝聚物,与鸟枪、土炮一起成为生命力的卫士。日本军车上的机枪响了,"我奶奶"胸前绽开两朵红花,向着灿烂夕阳慢慢扑倒。"我爷爷"率众伙计冒死前冲,一声巨响,硝烟蔽空。你若细听,与机枪声、爆炸声并行的,竟是迎亲颠轿的唢呐调门。战罢无声,神奇的日食应运而至,高粱在这时才变得通红通红。通红的天地间,回荡着"我爹"童声喊出的诔文:"娘,娘,上西南,宽宽的大路,长长的宝船……"如《国殇》,似《招魂》!在一片通红的万里长空,红高粱如柔纱舒卷,似博带飞飘,让你想起嫦娥舒广袖,且为忠魂舞!

B

24日一早,各报都在头版登出张艺谋手捧金熊的照片。他一到法兰克福机场,立刻被旅客认出。一位相识的中国民航乘务员要看他的奖,金熊露面,德国人一片惊呼,得以近距离地一饱眼福。一位老太太捧过金熊,贴在脸上。

25日下午3点50分,笔者在首都机场国际卫星厅登机口,细数张艺谋作为第155名乘客走出机舱。我接过他的行李,催他快捧出金熊,于是有幸在国内最早得瞻金熊风采。我发现他的笑容与那熊一样憨态可掬。紧接着,在第7号贵宾休息室举行了机场欢迎式。

26日,在广播影视部电影局那精巧的四合院里举行庆祝会。27日,在中国电影家协会的新楼里畅叙家常。29日,应邀为世界体育十佳发奖会助兴。3月1日,外国记者招待会。3月3日,《红高粱》开始在北京首都、大华电影院作特别公映,灿灿金熊已加印在片头。

鉴于《老井》的经验,张艺谋和黄建中在飞机上就曾议论:回国后对这奖还不一定怎么评价呢。在一片庆贺声中,他果然听说,有人闻讯立刻投书质疑,也有人提醒应适当宣传,不要宣传个人云云。

C

伙伴们已睡熟。以下是艺谋的低声细语。

"从眼下常讲的经济效益看,高粱的用处不算很多很大。这倒有点像我们的电影,派不上很多很大的用场。

"《红高粱》这次赤手空拳上阵,一是时间仓促,二是经费缺乏。细想想,还是因为我们缺乏竞争意识,不敢竞争又是因为怕人说那是资产阶级的奖。说到底,还是思想文化上也要改革开放!为了《黄土地》《老井》我四次出国,没听见一个外国人居心叵测地说:你们穷得真有意思啊!在夏威夷,观众问'老井'村现在还缺不缺水,我告诉他们石玉皎村已经打出了水,全场热烈鼓掌。在西方,没有嘲笑人穷的,只会嘲笑你没志气,人家看的是你的民族精神、生存态度，所以派克先生才说：我觉得中国人特别伟大！有些人好像不认为电影是我们这个5000年大国文化的标志之一，而是觉得跟玩闹似的，或者是惹事的。其实用电影来传播我们的民族精神和文化意识，比小说更便利，绝对应该往外打！在西柏林，日本电影代表团团长对我说：欧洲文化进攻性强，横行天下；我们亚洲文化却总是封闭着，我们亚洲人应当合力打出去！

"我有意让极为冷静的画外音与银幕上的激情形成对比，它代表着现代人的反思。'那年我回老家时，青杀口的桥还在，只是没了高粱。'你就琢磨去吧。光展示50年前的一段传奇故事有多大意思？我想对现代中国人的生存状态起一点潜移默化的作用。'我爷爷''我奶奶'们在高粱地里光光彩彩地活了一场，我们这些孙子辈的，要是越活越萎缩，就只有当孙子的份儿了。中国人原本皮色就黄，伙食一般，遇事又爱琢磨，人家骂你时可以装作听不见，或者说越挨骂越光荣；人家夸你时又琢磨是不是损我呢，反觉得耻辱。这是不是我们国民性中的病？我演的孙旺泉身上就有很严重的病，他不敢向命运挑战，拿《红高粱》作对比，更容易想到他的病源。中国人的病不同于西方的社会病，根据中国的文化根基、经济水平和人口密度，会害什么病？真该好好研究一下。我并不想发出今人不如古人的叹息。理想化了的爷爷奶奶们，本来是'有人信，也有人不信'的。重要的是，让你突然发现另一个世界，另一种活法。从这个角度来说，《红高粱》的意思也可能是超前的，不是倒退返祖，而是向往未来。

"一个非常完美的东西可能意味着死亡，极力追求完美，就是往死亡上走呢。我不会老这么顺，我不怕栽跟头。只要栽在创造上，就死不了。"

凌晨两点。艺谋让我上床，他睡在地板上，铺一条红高粱色的毛毯，盖一件绿高粱色的军大衣。

其实《红高粱》本来该是另一样结尾的。请允许我描述一下那个因技术上无法实现而令艺谋遗憾至今的构思。

银幕上不出现具体战斗动作，就让你看在机枪弹雨中辗转挣扎的大片高粱。高粱筋骨横飞,飘零迸散,作傲视死亡的最后一次狂舞,渐渐身首异处,躯干兀自挺立。在恐怖凶残的机枪声中,渐升起喜庆的唢呐吹打,伴奏着高粱的死亡之舞。机枪渐弱,唢呐渐强,终于强化为压倒一切的生命凯歌。轰然一声爆炸,镜头由战死者的尸体摇向高粱——高粱们忽然神奇地恢复了生命,依然是生机勃发,依然在迎风飘举,让你疑心是真是幻。是那一场血战根本不曾发生,还是高粱自有火中涅槃的造化?

艺谋别遗憾了,反正红高粱不死。

(《人民日报》1988年3月13日,次日《人民日报》海外版)

【夕拾缀语】

张艺谋获奖归国后异常繁忙,我只得在那个闰年的2月29日夜到远望楼宾馆房间,彻夜采访。不能耽误日常工作,我用五天的业余时间赶写成文。然后自己兼任编辑并排版,未经其他加工。时任文艺部主任蓝翎在签字发排时,将原文中的"日本人说来就来","人"字改为"侵略者",这是唯一的修改。大样排出后,我自己送副总编辑范荣康审阅。他看后说:曾考虑作为通讯发一版转后版,但再想想还是这样在文学作品版发吧,不要太张扬。发表后张艺谋打来电话致谢,他的评价是:这是继陈凯歌《秦国人》之后最好的一篇,写得潇洒。莫言在20多年后还印象深刻,多次提及。

我写《〈红高粱〉西行》

《〈红高粱〉西行》一文（见《人民日报》1988年3月13日第五版，该报海外版次日第七版）发表后在报社内外听到了一些同志的谬奖，我也收到了一些读者来信，似乎有些经验可以总结一下。尽管此文所反映的题材具有较强的新闻性和时效性，尽管见报前报社一位负责同志曾有意把它作为通讯发表在更为显著的版面上，但它毕竟被划归文学作品版，我也是按报告文学去写的。我以为，如果是写通讯（按常规的意义来理解），就不应该采取这样的结构方式，也不允许用将近三分之一的篇幅去描述影片的情节和画面。所以，在新闻函授的刊物上谈写这篇文章的体会，好像有点文不对题，握笔临纸时仍感到不安。但既然奉了编者之命，只好姑妄言之了。

一

先简述一下采访和写作过程。

我在报社分管电影宣传。1987年12月23日（正好是《红高粱》在西柏林获奖前两个月）我初次看到《红高粱》，当时便十分激赏，认为是部不可多得的佳作（因为工作关系，我大体上了解我国电影的整体水平，有进行横向比较的条件）。看片后马上采访张艺谋一个小时，后写成一篇对话体的文章，发表于《文心探访》（见《人民日报》1988年1月16日第八版）。此后，我又细读剧本，再看影片，写了一篇影评。我感谢《中国青年报》的编辑同志，把这篇拙作在2月21日，即《红高粱》在西柏林获奖前两天发表出来。聊以自慰的是，我对《红高粱》的热情，绝非自外国人颁发"金熊"始。

春节前得知《红高粱》已西行，我心中便时时惦念它是否获奖。2月24日一早，终于听说了《红高粱》

获金熊大奖的消息，我当时就想打国际长途电话采访，惜未果。于是在次日下午赶到机场接张艺谋，当晚与李力同志合写了特写（见2月26日《人民日报》及其海外版）。25日至27日，我在首都机场、广播影视部电影局和中国电影家协会三次听张艺谋、黄建中讲述获奖经过和感想。

27日，我向张艺谋表示了要写报告文学的计划和深入采访的要求，他建议我先去读他的"哥们儿"陈凯歌和作家霍达过去写他的两篇文章，以节省采访时间。我回报社后马上从图书馆找来，当晚拜读了。那几天，张艺谋忙于应付多家记者和多种"场面"，很难有时间长谈。按他的约定，我只好于2月29日晚间到旅馆房间中去采访，从晚9点谈到凌晨2点，然后同室而眠。这一迫不得已的采访方式，为我的文章增添了一些色彩，也算歪打正着吧。

关于这篇报告文学的结构方式，在此次采访前一天即已在我头脑中形成。从3月2日至6日，我基本上在业余时间里完成了稿子。其间除一天外出开会（"中国电影走向世界"座谈会,与此文亦不无联系)并写消息外,其余4天基本上是每天写完2000余字的一段。3月7日我又对全文进行了一些改写和删节,当即通过发排。此后领导只改动了几个字。

说实话,这篇文章的写作和发表之所以能比较顺利、及时,与我的工作岗位大有关系,我占了地利之便。

二

再谈谈采写的几点体会,或者说是这篇文章得以立起来的几个基础。

首先是我对《红高粱》这部作品有着自己独立的审美判断,我被它深深地感染了,因而产生了一种由衷的热情。《红高粱》获奖后,有人认为国内新闻界是跟在外国人后面一哄而起,并无主见。据我所知,这种说法是毫无根据的。看过试映的国内电影界人士早已对《红高粱》给了高度评价,电影主管部门也是如此(否则就不会向西柏林电影节极力推荐此片,该电影节主席都承认：选此片参赛不是他的功劳，完全是中国政府的明断）。只不过因为此片的公映时间迟于西柏林电影节，国内报刊上的评价大多尚未发表而已。所幸我的两篇拙作都在《红高粱》获奖之前见报。在《中国青年报》上那篇影评里我说："张艺谋为此（指《红高粱》）积累了多年，中国电影也为此积累了多年。"这似乎足以证明我们并不是唯西方之马首是瞻的。当然，这样说也是丝毫不否认或贬低《红高粱》获国际大奖的意义。应当说，是影片获奖的事实与我对影片的由衷喜爱遇合到一起，促成了我写这篇报告文学的动因。如果没有前者，也许我对《红高粱》的热情不会被重新点燃，去想起为它写一篇报告文学，我们的报纸也肯定不会为一部电影腾出如许篇幅；但如果没有后者——独立的审美判断和倾向，即使获奖，我也不会注入强烈的感情去花力气写一篇报告文学的。从新闻迈向文学，带不带感情或感情的强烈与否，也许正是一道关键性的"门槛"。

其次是我与采访对象之间情感上的亲近与认同。我对西安电影制片厂的艺术质量和改革魄力素有好感；自报告文学《没有上银幕的故事》在《人民日报》上发表以后,我们报社与西影厂又增添了一层战友关系。《老井》在东京获奖(包括张艺谋的最佳男主角奖)以及获奖后褒贬不一的评价——这些都可以看作我写此文的某种"背景"。再说"前景"。我与张艺谋经过短暂的接触后,很快他就称我"哥们儿"了,对此我引以为荣。这除了因为张艺谋为人极豪爽和"平民化"(正如我文中所引的话"绝无影圈名流不易脱俗的牛皮哄哄劲儿"),更重要的是,我们年龄相仿(我比他大不到一岁),经历相仿(都曾在陕北插队,比他早半年考入大学)。在才气上我当然不敢与他相比,但他对艺术和社会的见解都能引起我的共鸣。能否与被采访者建立起这种"哥们儿"关系,决定着未来的文章是干涩的还是鲜活的,决定着你塑造的人物是平面的还是立体的。这种关系,也包括精神气质上的相通。张艺谋曾对我讲,《红高粱》要"拍得洒脱些"。拙文发表以后他打电话给我,说文章写得很洒脱。我说:我是在向你靠拢嘛!

再次是在知识、材料方面作多种准备。这些准备,有的是有意为之的,有的是无意得来的;有的是日久积累的,有的是临时查阅的;有的是案头的,有的是非案头的。举几个例子来说明吧。例如日本影片《罗生门》在威尼斯电影节获奖(我在文章开头引用它作为《红高粱》获奖意义的类比说明)的时间,我在欢迎张艺谋的会上听某权威人士讲是1953年,但阅一本电影书籍,写作1951年。于是我打电话请教专家,又到图书馆查阅《日本电影史》,证实为1951年9月10日。这结果不仅是避免了误记,而且由于张艺谋也生于1951年(一说生于1950年),这一巧合为文章增添了一点传奇色彩,正与《红高粱》影片的风格相适应。这是临时查证,下一例则出于往日积累。《红高粱》获奖这天(2月23日)是正月初七,人日。关于人日的知识得于上大学读女娲补天造人的寓言,再查《燕京岁时记》对人日的解释:"是日天气清明者则人生繁衍。"这又是一次巧合,所以要特笔写入文中,是因为"人日"及其解释所具有的象征意义,正与《红高粱》所赞颂的主题相合。否则,巧合便没有任何价值了。例三,出于喜爱,在写文章的准备过程中，我基本上哼会了《红高粱》中的几段"俚词土调"——"妹妹曲""颠轿曲"和"酒神曲"。在构思结构时，我想自然地把这三曲作为前三节划分的最初"细胞核"，又很自然地决定用"妹妹曲"中的四句唱词作为段落的小标题。这便是所谓非案头的准备、无意间的准备了。此外，倘若当张艺谋讲到凡·高，讲到赵望云、石鲁的时候，我问："是谁？名字怎么写？"或是讲到茂陵、霍去病墓的时候追问："什么陵？谁的墓？"那肯定不配跟他称"哥们儿"。我还阅读了莫言的原作《红高粱》《高粱酒》，读了陈凯歌写艺谋的《秦国人》和霍达写他俩的报告文学《起步于黄帝陵前》，以及其他有关文章。在写作时，除了绝不掠美地署名引用了莫言等的两段话（本来还引用过陈凯歌的话，后来因为嫌引太多而删掉了），我尽量避免用人家已经用过的材料，尽管那事例可能是很生动的。但读这些作品也有"以旧换新"的作用，比如我是从那些材料里得知张艺谋的母亲开朗干练之后，才可能发问：这跟影片里的"我奶奶"有没有联系？于是从张艺谋口中得到了一个在文艺理论上很值得探讨的回答。它证明采访前的案头准备不仅是为了节省采访时间,而且会起到有的放矢,把采访和文章引向纵深的作用。

三

还应该谈谈这篇习作在结构和语言上的一些追求。

《〈红高粱〉西行》在结构上不太老实,玩了一点花样。此文发表后,有的同志对我说:"看了你这篇文章,我才懂得了什么叫蒙太奇。"然而我在下笔之初却并没有这样明确的意识。我最初的考虑只是,倘只按时序记述张艺谋在西柏林获奖的过程和他拍片的经历及感想,文章写出来必十分平直,没有味道。而要使文章更具有文学色彩,有些形象的、具象征意义的东西,或者说要有些显露文采的部分,就必须把《红高粱》影片的精彩段落糅合进去,或曰借影片之精华为我所用。这可以说是个取巧的办法,也可以说是切合于内容的一种形式。引入了影片段落,就势必要采用交错的结构了。

全文包括 A、B、C 三条线。A 部分是对电影精彩段落的描述以及作为一名观众的片断感想；B 部分是《红高粱》在西柏林的获奖过程（又一次巧合，B 正是柏林一词的字头）；C 部分是张艺谋自述他的经历、拍摄经过和感慨。除了开头和结尾，我把每一部分都分切成四块，穿插连缀起来，组成文章的四节，每节均冠以插曲"妹妹曲"中唱词的一句。之所以要这样命名，是因为我在唱词和我所要表达的内容中间，比较顺畅地、不十分矫情地找到了一定的内在联系，使唱词乃至它所代表的剧情与现实中的张艺谋之所言所行，形成了一种类似比兴或隐喻的关系。譬如，我在"艺谋（原词为妹妹）你大胆地往前走"的题目下，B 写中国电影小组初到西柏林所面临的不利态势，C 写张艺谋的坎坷经历，交代其人的往昔，两者都应着"大胆地往前走"。"通天的大路九千九百九"一节，在 B 部分写使中国人在西柏林逐渐增强信心，奖杯在望的种种迹象。"搭起那红绣楼，抛撒着红绣球"则主要对应着 B 部分中西柏林的发奖和获奖。"与你喝一壶红红的高粱酒"与第四节的关系似乎并不密切（我已在第三节 B 部分中写过为获奖而喝酒了），我只好勉强解释为：象征着国内外各方对张艺谋的祝贺。其余 C 和 A 中的一部分内容，与小标题的联系较为松散，有些地方我有意作了些勾连黏合，更多的地方则任其稍稍岔开去。也许过多地黏合反而失之牵强，带一点随意性反而显得松弛自然。

在结构上还有两点设想。一个是自己觉得在大结构上已经交错得很乱了，那么在小结构，即 A、B、C 各自每条线中，都严格地循序渐进为好。A 是按照影片情节的顺序；B 是按照西柏林电影节的日程时序，尽量标明日期，甚至具体到时分（这也是在追求纪实感）；C 是张艺谋的议论，本来可以随意跑马的，但我还是按顺序来了，先述他的经历，次叙拍片意图和艺术积累，再为拍片中的众人合作，最后是获奖后更深一层的思考。这样，就使多数读者看起来不吃力，眉目还是清晰的。

另一个是在第三节 B 中，有一段"小蒙太奇"，这倒是我落笔时有意为之的。那是在同一个时间里空间的交错——2 月 23 日晚西柏林和西安两地的欢喜之情。这大概可以称"平行蒙太奇",这样做不只是为了行文的摇曳多姿,而是因为我认为这样一种"短镜头"的分切交替,可以造成一种节奏的氛围,正适合表达获奖后欢快的情绪。

文章发表后,我反思为什么会采用了这样一种结构,自忖似乎并不曾有一个"蒙太奇"的模式先藏心中(也不排除我在工作中与电影接触较多,潜移默化,毫不自觉)。我自认为主要的前因是:一、我过去写诗,熟悉了那种跳跃的段落结构,而且我有一首写立交桥的诗小有影响,便是用的这种交错结构。二、此篇为我的第二篇报告文学习作,头一篇的结构是老实的,《人民日报》文艺作品专页前负责人吴培华同志说:"你也来点意识流嘛!"此语日久未忘,乃于此次实行之。当然,这不是严格意义上的意识流,我把她的话作广义理解。

最后谈几句语言。我比较注意文字的简洁、民族风格和不说套话。我有这样一个设计:A段用第二人称,好像是作者"我"在对别的观众讲电影;B段用第三人称,类似客观的新闻报道;C段用第一人称,是张艺谋的自述。但我没有固守这个自我规定，写到后一半，第三节A中张艺谋也站出来说话了，第四节B中笔者自己到机场去接张艺谋，便都破了例。行文至彼处，不得不如此，也可称为规矩中的变化吧。另外一个原来的设想没有很好地实现，就是我想在A、B、C三部分中体现三种语言风格。A是我自己的风格，该细腻处作有声有色的描写，注意语言的节奏和表现力，适当融入一些传统白话小说的句式；B是新闻体或略带欧化的语言，以适应客观的态度和事件发生的地域特点；C是张艺谋的口语风格，适当运用俗语。读者可以看得出，我这是想得好，写起来力不从心，尤其是B部分，写着写着又向我自己靠拢了。

为了向新闻函授学员们介绍一下自己的体会，一下子说了这么多。其实我应该有一点自知之明，对拙作来一个实事求是的自我评价。这仍然是一篇不成熟、不深沉、分量不重的作品。这是新闻性较强的一篇急就章，它之所以能略有反响，不过是因为访了个新闻人物，写了个热门题材，并较及时地发表出来而已。为了抢时间，我没有能够写出更深厚的内涵来。在我听到的同行反应和收到的读者来信中，一些夸赞之辞就不必提了，两位有成就的同行的话使我难忘。报告文学作家、记者孟晓云说：这篇文章既是中国的，又是现代的。不知这是不是她的真心话。也许我正应朝这个方向努力。名记者艾丰说：你这种写法，大概只是些青年知识分子喜欢。一语使我清醒，我是否花哨有余，深厚不足？无论如何，且把《〈红高粱〉西行》当作我的一个脚印，作此略一回顾之后，就该"往前走，莫回头"了。

（《人民日报》新闻函授教材《新闻学苑》第二期，1988年6月）

从《末代皇帝》说到《红高粱》

《末代皇帝》获奥斯卡奖 9 项金奖的消息,引来国人的关注和纷纷议论。我以为,对此固然无须喜形于色(因为我国是协拍而非合拍,为人家的作品提供场地和劳务而已),却也大可不必忧心忡忡。

编剧——在宏大的历史画卷中点缀着生动的工笔细节;导演——在开阖张弛的驾驭中显示出聪慧和深沉;摄影——在镜头的推拉摇移和用光上无处不见纯熟的技巧……初看《末代皇帝》,暗叹大家手笔。过后一想,似觉雾里看花,似觉在听人讲一个关于中国的梦,那溥仪,那皇宫,那监狱,乃至那红卫兵,都好像一下子与我拉开了距离。后来想明白了一点,首先,意大利导演贝托卢奇根本没有追求纪实性,他说:"我并不想努力把这部影片拍成一部历史文献,历史事件只是在想象的折光下才使我感兴趣。"用我们的话说,就是在追求写意性或表现性吧?其次,他既然要表现,便必是以西方人的视点和思维方式来表现,从西方文化去观照东方文化。本来在我们身边发出的光,绕过半个地球再折射回来,所呈图像自然显得遥远了。

贝托卢奇了解不了解中国?难说。他为拍中国题材的影片等待了20年,从初访中国到1986年实拍,又用去3年。"在3年中发现中国,这时间不算长。"他显然是驾轻就熟地拈起自己的西方文化武器,去比附本属生疏的中国文化,因而发现了自己独特的兴趣点,作出些大出中国人意表的判断。比如他运用弗洛伊德的理论去说明小皇帝与其父的关系;他从中国人对性的掩饰发现"孔夫子道德与天主教道德有共同点";他从我们对战犯的改造中想到了"人之初,性本善",因而认为那政策"既是共产主义的,又是孔夫子的"。即使他的理解有不确切处,不也具有认识价值,可以使我们从一个陌生的视角来审视周围熟悉的一切吗?就算他还不了解中国，但庐山中人，芝兰之室中人，难道应该拒绝旁观者的指点吗？你看他认为溥仪无论在紫禁城还是在监狱，几乎当了一辈子囚犯，直到特赦成为一个和所有人一样的公民，才平生第一次得到解放——改变他内心的是自由。你看影片结尾溥仪从"现代造神"的街头重回故宫，面对宝殿、龙床苦思不解。那认识和这结尾，不是都相当深刻甚至绝妙吗？

贝托卢奇曾有预感："我想中国人看了我的电影以后会笑起来。"他没想到的是，有的中国人会愤怒起来，"丑化！""歪曲！"直至呼吁禁演，令人想起他的同胞同行安东尼奥尼当年在中国惹出的麻烦（拍摄权和文物保护是另一个问题，姑不论）。看来东西方文化真要交流起来也不容易。我们对西方了解几何就不说了，单说对中国下了那么大功夫的贝托卢奇辈，他们能理解我们这种唯恐被"丑化"的心态及其根源吗？

在西柏林电影节上，有位西方影评家说：贝托卢奇也要向张艺谋学习。学什么？言之不详。贝托卢奇说，他在讲"一个历史、政治、道德的寓言"；张艺谋说，《红高粱》是一个现代神话或传奇。一个寓言,一个神话,都注入了强烈的主观色彩。我以为,《末代皇帝》是西方人眼里的中国人,半是观察,半是臆测;《红高粱》是中国人心里的中国人,半是追怀,半是前瞻。若论电影语言或技法,两部获奖影片应该说各有所长,或者说互有值得学习处。而贝托卢奇真正需要学习却终于学不去的,是《红高粱》所透射出来的那种地地道道的民族精神,还不只是手法上的民族风格,更难的是那种血脉上传下来的、黄土里长出来的精神风骨。"中国人就该是这样的——豪爽开朗,旷达豁然,生生死死中狂放出浑身的热气和活力,随心所欲里透出作为人的自在和快乐。"这样一种精神的"拍摄权"不怕出让,让给外国人,他拍得出来吗?外国人拍不出来,外国人却很容易理解,《红高粱》所走的这条路,我以为就是东方义化走向西方,中国电影走向世界的终南捷径。若把《末代皇帝》也作为中国电影走向世界的标志则纯属误会,它处在交流的彼岸,说明世界正瞩目中国。它无助于增加中国电影界的光荣感,却应使中国各界人士振奋其责任感和自信心。

《红高粱》和《末代皇帝》,似乎正代表了东西方文化互相接近这大趋势中的双方,它们的交流乃至碰撞,都是大好事。

外国人看着中国,中国人该怎么办?与其关了窗子不让人家看(当然自己也看不见外边了),何如打开窗子干出个样儿来给他们看看?看罢《末代皇帝》,该照着《红高粱》的样儿干了。

(《人民日报》1988年4月16日,以及次日海外版。《新华文摘》1988年第5期转载)

【夕拾缀语】

此文不是接受任务,而是我自己有感而发。发表后,时任广播影视部副部长陈昊苏在人民大会堂内举行的《末代皇帝》庆功会上,曾点我名表示不同意见,因此与他熟识了。

戛纳晴雨

（上）

戛纳的天气阴晴不定。本来以为蓝色海岸边这著名的旅游地该是法国阳光最充足的地方了，谁知在电影节期间竟阴雨过半。刚刚晴了，出门去电影宫，一场急雨又把你的夜礼服打湿，它无须致歉。

一进入戛纳就让人有一种亢奋感。天上飞着广告，地上跑着广告，妙龄女郎招摇于市也是广告。世界第一电影节的艺术竞赛就在这种强烈的商业气氛中进行。

"电影节我参加得多了，没有一个像戛纳这样不穿夜礼服不许进场的。"陈凯歌这样说。你可以说它是摆谱,也可以说它是对艺术的尊崇。5月17日晚10点半,当中国电影代表团从4辆挂着电影节旗的雷诺轿车中跨出时,戛纳电影宫前四个巨大的扬声器正播出张艺谋自唱的"妹妹你大胆地往前走"。红地毯,闪光灯,肃立的警察,欢呼的人群……

16日晚已给记者们放了一场。某外电报道这一场"到场观看的记者们的1/4都离开了影厅",这是失实的。我们自己统计得更精确:900名看客,67人"抽签"。须知戛纳在同一个时间里有大约30部电影在不同空间里放映,退场率不足1/13,不足为奇。

尽管那一晚我们已经从聚谈而不肯离去的记者口中,听到"茫然""难懂"之类词语,尽管陈凯歌、顾长卫为拷贝的质量而叹息,尽管张艺谋在夜归路上已向我倾诉了他担心《孩子王》因"需要听人讲才能明白"而吃亏……尽管如此,我们拥《孩子王》而来的全班人马仍然心气未冷。证实着我们信心的,是17日正式放映后热烈鼓掌、夹道欢送的场面,是同日开始发表的大量影评和18日两家权威性刊物同时公布的记者打星情况。

法国《正片》杂志主编米歇尔·西蒙:"影片透彻而纯洁。它的聪明之处不仅在于把民谣'从前有个山,山里有个庙'翻出新意,而且在于找到了拒绝说教的电影语言。影片具有出色的真诚感,努力在多年的污染之后寻找正确的形象。影片没有热闹场面却不乏幽默感,对中国的现实有着冷静的思索和观察,这一切使影片始终具有一种清新感。"是他第一个明确地说:"从现在起,《孩子王》可以列入角逐金棕榈奖的影片之一。"(17日《电影节报》第一版载)

影评家斯洛德·贝涅勒:"中国影片参加戛纳电影节竞赛,其本身就是一个事件。这与其说是电影的竞赛,倒不如说是文化的竞赛。因为《孩子王》使我们从繁荣而又遥远的中国看到了一种美好的东西。……一个学校的老师,不满足于对中国各种特征诸如文字的传授,而是要通过这些开启孩子们的心灵世界。这将会成为一种潮流,因为种子已经播下。"(5月18日《费加罗报》载)

记者米歇尔·布罗多:"《孩子王》导演十分出色,

画面宏阔有力,角色的表演异常完好……"(5月19日《世界报》载)

如果怀疑这些意见的代表性,就来看记者打星吧。英国《国际银幕》杂志邀请巴西、中国、法国、联邦德国、希腊、意大利、日本、荷兰、西班牙、瑞典、瑞士、英国12国各一名记者(笔者忝列其间)为参赛影片打星,在它的《戛纳特刊》上逐日公布。《孩子王》获得32颗星(没有任何记者为它打一星,一星为水平线以下),与后来获最佳导演奖的《南方》并列第三。一个有意味的事实是:超过30颗星的共7部影片,它们正是最终获奖的全部影片加上《孩子王》!可见这个记者团的整体水平不低。另一家打星的刊物是《法国电影》,它聘请了19位记者或影评家(以法国为主)。据5月21日(即所谓"金闹钟奖"出台的同一天)的不完全统计,除了他们把最高星数给了法国影片《巧克力》,《孩子王》竟排在第二位(33颗星)。与所谓"金闹钟奖"主持者不同的是,这31位记者都登名载姓,而且公布了自己的简历和所属报刊。

戛纳似乎温差较大。热时节海滩上晒日光浴的女郎们连比基尼也穿不住,冷时节巩俐穿上旗袍便冻得发抖。5月19日,正是我那篇《凯歌能否在戛纳奏响》的预测性通讯在国内见报的时候,有接近电影节评委会的法国好心人透露:《孩子王》可能得不到几个最重要的奖,望中国人有些精神准备。我听到这消息时,正站在戛纳街头的冷雨中。

(中)

最坏的"气候"终于降临。5月23日晚,《孩子王》名落孙山。陈凯歌对我,也对每一个用电话采访他的记者说:"我早有预感,我心情平静。"我可以证明,他没有故意作态,他说的是真话。

四天以前,正当由晴转雨的时候,在凯歌睡的行军床边到小公寓的厨房里,他与我作过一番长谈,时间是晚十点至次日凌晨四点。白天的时间,留给轮番采访的外国记者了。

"我见识了戛纳之大、之傲慢。有人告诉我,导演来戛纳是一个很大的冒险甚至赌博。我是危险的,是用整个艺术生命在这儿赌,我们随时有可能输掉。我知道一个导演的艺术生命是在长期实践中形成的,应该珍重。但我现在不能在乎,因为在乎也不能改变什么。只要二十年后我们能对后人说,我们是开路人,这就够了。

"西方人注意的是他们的事情,我们要打进去很不容易。近年来中国电影在国际上从没人理到有人注意,现在正热。我在想,热劲过去后还能不能保持实力地位?像苏联电影,现在并不热,但它到哪里人家都不能小瞧。中国电影应该是稳步前进的。今天,是西方了解中国人的时候了,我们应抓住这个宣传、展示中国的最好时机。西柏林、意大利都灵两个电影节都请我明年去做评委,这岂止是我个人的时机?

"我的性格敏感,总觉得有种使命感,至今不敢忘。我的心境与艺谋两样,现在我想平静地想一些事情。"

我与张艺谋也有过两次夜谈。那是在洗过澡后,他赤着身体,憋不住地向我滔滔"侃"起艺术来。

"《红高粱》刚拍了一点就在外景点看到《孩子王》，我们专门研究了。隐喻、象征，《孩子王》都搞到家了。我们有意避开了这条路。凯歌有思想，他要让电影负起思想的任务。我自己是听了那帮'侃爷'（指电影评论家）'侃'，才意识到《孩子王》的深意的，我担心它亏就亏在这不讲不明白上。好电影要调动人的生活经验和审美经验，才能引起共鸣。"

"我佩服凯歌思考的深度，佩服他对艺术个性的执着追求。过去我们在一起谈话，凯歌总能几句话一拎，就给你拎到一个思想高度。为人如此很难得，但是拍电影呢？……"

这时我又想起凯歌的一句话："我们这一代导演最大的共同点就是各自不同。"他们俩不祥的预感似乎相同，又似乎相异。

在阴晴变幻中，还有一个本不值得郑重提起的话题——所谓"金闹钟奖"。此刻我不得不提。

5月21日早晨，戛纳街头一家咖啡馆里会聚了一些电影记者，他们即兴为参赛片中"最令人厌倦的影片"

打分，然后把结果交给一位十几岁的小姑娘——法国最年轻的喜剧演员，由她宣布。于是"金闹钟奖"归于《孩子王》，于是哈哈一笑，各自散去。评奖者轻松到这种地步：无须发奖，也无须通知"得奖者"本人。可惜事情到这里并未结束，法新社电讯一发，"金闹钟奖"得主臭名远扬，及于全球。而吴天明、陈凯歌在接到新华社驻巴黎记者打来的询问电话时，尚茫然不知其为何物。

请注意这本是一出喜剧，这些记者不代表任何机构，与评委会没有任何关系，与为那两家杂志一本正经地逐日打星的记者团也不可同日而语。大约是影片过长就会受到他们的揶揄。至于其评选结果的可靠性如何，举一例便可说明：被他们评为"铜闹钟奖"的（第三个"令人厌倦的影片"），正是最后荣膺双奖——最佳男演员奖和高级技术委员会奖的美国影片《乐手"博德"》（又译《鸟》或《非凡人物》）。

一顿调侃、一个玩笑、一个余兴节目，也许会引来一片痛心、一阵快慰、一番严辞训导。喜剧被当作正剧看，便将转化为悲剧。是人家太有失严肃庄重，还是我们太缺乏幽默感呢?

(下)

5月23日晚发奖,由小奖发到大奖。提前返巴黎的潘虹看电视转播,心提到了嗓子眼儿。金棕榈出现了,终于彻底失望。这时潘虹想起:在戛纳,中国代表团的每次重要活动都有雨相随,招待会冒雨进行,放映式雨脚未歇……

《孩子王》落第戛纳,当然不是宿命的安排。在归途飞机上,在回国后时差混乱的失眠中,我探问,琢磨,想厘清那互相纠结的多头原因……

文化背景与社会背景的差异。法新社记者这样说:"与中国文化之间的差距可以解释这种反应,中国'文化大革命'时期在边远农村工作的一名小学教员遇到的儿童教育方面的问题,与戛纳人所关心的问题相差十万八千里。"站在这差距另一端的《孩子王》主演谢园说:"可也是,戛纳的红男绿女和他们的生活情趣,怎么能跟《孩子王》要说的意思对得上号呢？"能够超越这一差距而"放眼全球"者（那些给《孩子王》以好评者，大致属此类），毕竟是少数。这种差距是客观存在的，差距的双方都无可指责。中国人拍片时，当然不必考虑"戛纳人所关心的问题"；而在选片参赛时，却不得不考虑对方接受的方便（当然，这不全由我方决定）。缩短这一差距吧！其难也许如精卫填海，《孩子王》就是投入海中的一粒石子。

或许有艺术标准以外的原因？戛纳电影节这样一种世界大赛的堂奥，令初来者莫测其高深。我在它面前，突然领悟到运动员在国际赛场上对自身实力以外某种力量的担忧。何况体育竞技还有客观标准，而艺术竞赛的标准会因人而异呢！

该说到《孩子王》本身的弱点了。在国内、在戛纳看了两遍之后，我体识到它的深邃内蕴，它的精雕细刻，它的处处匠心。但我也感觉到它思想负载的沉重，是那沉重压暗了明快，压慢了节奏。倘说外国人说"难懂"纯出于文化背景的隔膜，那许多有相当文化水平又经历了那一段生活的中国人也说"晦涩""沉闷",又是什么原因?陈凯歌在记者招待会上,曾对他的意图有所诠释。我在台下边听边想:有多少观众能听到你的诠释,又有多少观众愿意听过诠释才去看电影呢?话说回来,我为凯歌惋惜,我只希望他小作调整,我不希望他这种凝重深厚的风格在中国银幕上消失。在中国年产的百余部影片中,何妨有百分之一二的"探索片"(姑妄称之)呢?

"胜者王侯败者贼",这是封建时代的话了,但愿它早已过时。5月26日,陈昊苏像三个月之前迎接捧回金熊的张艺谋一样,到首都机场接中国电影代表团。飞机晚点,他留下了一封信:"《孩子王》在戛纳电影节未取得我们预期的成功,这没有什么了不起。我的态度很明确:我仍然认为《孩子王》是一部比较优秀的影片,只是在观赏性上显得稍逊一筹。我们决不应该以它在一次国际电影节上未获奖就动摇对它的基本评价。何况,《孩子王》参加国际电影节的竞争,本身就是具有一定水平的标志。"

经历了戛纳的晴雨变幻，我突然感到一种悔悟。上次《红高粱》在国际上获了一个奖竟至那般狂喜，若得不到奖岂不该极度悲哀吗？重要的是自己的主见。中国电影的价值，仍应由主体来判断，别人只是参照系，尽管它也不可或缺。经历了戛纳的晴雨变幻，将来能不能做到宠辱不惊，坚定地"大胆地往前走"呢？作为一位成熟的艺术家，该有自己的追求方向；作为一个成熟的记者或影评人，该有自己的识别能力；作为一名成熟的观众，该有自己的欣赏标准。倘觉得心中打鼓，肚里没数，便该学鲁迅自问一句：

"中国人失去自信力了吗？"

（《人民日报》1988年6月6日、7日、8日及其海外版6月7日、8日、9日）

【夕拾缀语】

1988年2月，在广播影视部电影局为《红高粱》获奖举行的庆功会上，我首先倡议中国电影参赛主要的国际电影节,应有记者随行报道。由于我在宣传《红高粱》上表现突出,获得电影主管部门和人民日报社的共同支持,得以在5月间随中国电影代表团出访法国,参加戛纳电影节,为参赛影片《孩子王》助阵,在现场经历风云,因而写成多篇报道。在当年,尚属青年记者的我能够奉派出国,是极为难得的机会。

戛纳，尽管不是凯歌

——《孩子王》西行追记

圣母，苍天，我都不信

1988年5月9日，中国电影代表团飞抵巴黎，心仪已久的一切伟大建筑都笼罩在阴沉的雨雾中。

巴黎圣母院。摄影师顾长卫用10法郎换来一支蜡烛，一片幽暗中只有烛光摇曳，他为《孩子王》而默默祈祷。

5月10日到戛纳。我立刻陪顾长卫去见陈凯歌、张艺谋（他们分别从美国、意大利飞来）。张艺谋说："《孩子王》这回'有戏'，因为今年西柏林电影节的海报设计为红色，《红高粱》便得了奖；而一到戛纳就看到海报是蓝色，《孩子王》的主色调偏蓝！还有，上次凯歌去了西柏林，他提前走了，没看到我领奖。这次我也要提前走，去香港参加《红高粱》首映活动，这是不是预示着该凯歌领奖了？"他后来甚至说，连戛纳连日阴雨的天气，也与《孩子王》拍摄时的追求相吻合。

再后来，当"气候"已不容乐观的时候，潘虹又从另一个角度去解释戛纳的天气："这次特别不顺，每次中国代表团的重要活动时都下雨，招待会遇雨，正式放映式有雨……"

现在一切都已经证明，虔诚的祈祷和戏谑的自慰都于事无补。作为他们的同行者和见证人，让我还是据实记下《孩子王》在戛纳的沉浮，并从人世间去探究其原因吧。

透过混杂的气氛，那一夜星光灿烂

戛纳，地中海边一个美丽的小城，人口仅数万。在每年5月的两周里，它突然膨胀了不知多少倍。几万人从世界各地飞来这里，世界上最知名的导演、演员以及制片人、电影商云集这里，3000余名记者蜂拥这里。路边，有欧洲几家电台特设的播音室；电影宫周围，几十台电视转播车张开它们的天线；海湾上，整日盘旋着4架飞机，机后拖着长达百米的广告横幅；海滨大道上，半裸体的美女招摇过市，肩上斜挎着广告；街边、大旅馆门前排满电影广告，让你的眼睛整天离不开那财力最富的几部影片（我们痛下决心，以24000法郎为《孩子王》和《红高粱》租来的两块广告牌，只是广告之林中不显眼的两片叶子）。

正式参赛的21部影片，是从世界各国几千部影片中选出的。还有三十几部影片，分别参加"导演双周""评论周"和"某种观点"映出。在电影市场上展销的影片达600余部，加上短片超过1000部。最让人动心的是给予正式参赛影片的礼遇，让每一位参赛影片的代表，都可以享受一下国家贵宾的自我感觉（当然只有短短一夜）。每天傍晚，都有许多既好奇又虔诚的影迷围在几家大旅馆门前，希望一瞻大明星们的风采。更多的游客则等在电影宫门前，待影星们进场时，向他们献上热情的欢呼。

戛纳的海风里飘散的就是这样一种混合气氛：既有金钱的炫耀，也有艺术至上的典雅，还有些"老子天下第一"的傲慢。

我们从5月13日开始看参赛影片，并随时与《孩子王》进行比较。看片成了我们的一种任务，因为在国内时就答应了英国《国际银幕》杂志的邀请，参加该刊组织的国际记者团，为参赛的每一部影片打星（该刊每天在戛纳编辑出版特刊，评介影片并公布打星结果）。作为中国记者首次占有这样一个位置，我感到光荣。

5月17日晚，是《孩子王》在戛纳最为荣耀的一个夜晚。二A公司请中国代表团全体成员到他们的游艇上，先举行了一个气氛轻松宜人的酒会。我们冒细雨登上游艇顶层，观赏戛纳的灯火楼台和海湾中的船上明珠。我忘了雨，只记得那一夜星光灿烂。

22时30分，当中国代表团分乘四辆挂着电影节旗

1988年5月17日《孩子王》首映之夜，在戛纳电影宫前，中国代表团即将走上红地毯。镜头前倒退者为作者，右一顾长卫，右三吴天明，右四胡健，右五谢园，右六陈凯歌。右二为一蹭红地毯的香港女演员，张艺谋、潘虹、巩俐走在第二排。拍摄者为中国新闻社某记者。

的雷诺轿车驶抵电影宫门前时,两边是手不停拍的记者,他们身后是肃立的警察,再后面是层层围观的游客。进入影厅,鼓掌,致意。1800位观众,提前退场者40余人。

前一天已为记者放了一场。那一场900人观看,"抽签"者67人,而绝不是法新社消息中说的"1/4"。散场后记者们在前厅里议论纷纷,迟迟不肯离去。他们口中既有"很美""风格独特"这样的评价,也有"茫然""难懂"这样的措辞。陈凯歌、顾长卫到此时才发现拷贝质量很差,只有叹息却无可奈何。

法国报刊上影评家和记者对《孩子王》给予相当高的评价,我已经有所引述(见《人民日报》6月6日《戛纳晴雨》)。至于记者打星,似可再补充几句。我参加的英国《国际银幕》记者团,12名记者来自12个国家,除中国、日本、巴西各一人外,其余9位都是西欧国家记者。这些记者的整体水平可以由下列事实来证明:他们评出的超过30颗星的影片共7部,其中囊括了最终获奖的全部影片,外加《孩子王》。《孩子王》与后来获最佳导演奖的阿根廷影片《南方》同获32颗星,并列第三，甚至超过了捧得金棕榈大奖的丹麦影片《征服者佩尔》（31颗星）。另一家刊物《法国电影》可能因为其19名打星成员中有16位是法国人，所以把最高星数给了法国影片《巧克力》（39颗星），《孩子王》超过所有获奖影片排在第二位（33颗星。此刊物对星数的规定与《国际银幕》不同，最高为三星，最低为黑点，而前者为一至四星）。这些记者是严肃而负责的，31个人的姓名、国籍、所属报刊和简历都向公众公开，无论在工作态度还是艺术眼光上，都与那些闲来寻开心的同行不同。

当电影节赛程过半的时候，《孩子王》自我感觉良好。这又岂止是自我感觉？"无论如何，总会获一个奖的。"西柏林电影节主席德·哈登先生这样说，原戛纳电影节选片人吕希扬先生这样说，三A公司的人颇有信心，高蒙公司（法国最大的电影公司，曾发行《末代皇后》）也表示赞同……

我们毕竟太不了解戛纳的气候了，又谁知天有不测风云？

又一夜，陈凯歌洞开的心扉

中国代表团的人马兵分几路，奔忙于各项活动之间。电影市场的中国展台前，客商来往不断，索资料，看录像，谈生意，约采访……据6月4日的巴黎来电，预计此次成交额为30万美元左右。

张艺谋、巩俐也是引人注意的目标。《红高粱》在电影市场上映出时爆满，破例加映一场。纽约电影节、威尼斯电影节都邀请他们去参加。张艺谋的新片即将开拍，9月份的日程却又被出国排满了。由"获奖专业户"转为"出国专业户"，这对他是喜是悲？潘虹在电影节上则相对清闲得多。我的印象是：她不是那种张狂的"明星"。

最忙的人当然是陈凯歌，以及他的合作者——主演谢园和摄影师顾长卫。从12日开始，陈凯歌几乎终日不停地在讲，用英语讲，用汉语讲，对着摄像机讲，对着话筒讲，对着笔不停挥的文字记者讲。他曾主动去会见20多位美国记者，他曾在每部参赛影片一次的正式记者招待会上端坐着回答提问，他更须应付不断约见的采访者。

我和凯歌是23年前的中学同学（这数字恰恰与巩俐的年龄相同）。凭着这关系，他"舍命陪君子"，在19日深夜至20日凌晨4点，与我作了一番长谈。他不时捋着那一副美髯，略显疲惫的脸上，透出他心中的沉重。

他讲他少年时代就在中学里感受了人间的不平等；他讲在云南山乡目睹的同代人的死使他成熟，也使他忏悔；他讲他跨进电影学院的门似乎出于偶然……

"我始终认为，指导我拍摄电影的基本的东西，并不是技巧，并不是电影学院教给我的专业技能、理论技能，更重要的是我过去的生活经验。我始终认为，中国电影能取得今天的进步，年轻的中国电影工作者能逐步为世界所认识，这和我们在'文革'中的生活经历有直接的关系，是生命的过程与其本源的关系。我想正因为中国有大的苦难，所以中国应该能够产生一些思考的作品，去回顾我们这个民族走过来的这样一段道路。

"我始终认为，电影应当负起思想的任务。从国外的情况看，传世的、不朽的作品，一定具有相当的思想性。

"我们总在讲五千年文化,我在《孩子王》里就是想说:不要躺在文化的大床上。如果一个人永远只是重复,你怎么能指望他有独立的人格?

"雅各布先生对我说:导演来戛纳是一个很大的冒险,甚至是赌博。我是危险的,是用整个艺术生命在这儿赌,随时有可能输掉。真的,我并不把得不得奖看得很重,今天一位美国记者对我说:'你可能得奖,但我告诉你,这个奖是臭大粪!'一个导演的艺术生命是在长期实践中形成的,但是我现在不能在乎,因为在乎也改变不了什么。只要20年后我们能对后人说:我们是开路人,这就够了。"

那是在评奖结果公布之前4天。他告诉我,西柏林和意大利都灵两个电影节都已经说定了,请他明年去做评委。那天,他已经如此明确地表示了对评奖的超然态度。也是在那一天,我听说有接近评委会的好心的法国人向中国人透露:《孩子王》可能得不上几个最重要的奖,希望中国人特别是陈凯歌有所思想准备。

5月19日,对《孩子王》来说是一个转折点。

《孩子王》在戛纳的最后一夜

5月20日,联合国教科文组织影视顾问委员会为《孩子王》发了一个奖,我随谢园、顾长卫(陈凯歌接受采访不得脱身)一起去领奖。那奖状上有该委员会来自10个国家的代表的签名。委员会认为,这部影片的题材是伟大的,表现得富有人情味,是全世界都可以接受的。委员会主席还说,将在巴黎联合国教科文组织大厅放映《孩子王》,有130多个国家的代表来观看。

同一天还发生了一件小事。当天《法国电影》杂志上重新印出的对《孩子王》的打星,突然变得与前两天完全不同:9个黑点,总共只得11个星!质询之下,该刊答复说,是发生了印刷错误。第二天,又改回了原来的样子。但愿这真的只是一个技术性差错,须知该刊每天在戛纳散发12000份,发奖前关键时刻的一个错误,也会影响人心的。

5月23日,本届戛纳电影节的最后一天。早上,《国际银幕》特刊来了,主编尼克·罗迪克先生作出最后的预测：五部影片可能获奖，《孩子王》是其中之一。

这一天是中国电影代表团最难熬的一天，一个奖都得不到的预感越来越强烈。按照吴天明和张艺谋的经验，在国际电影节上获奖，总会在十几个小时之前得到确切通知。这一天，没有任何消息。下午6点仍没有消息，这事实本身已传达出一种确切无疑的消息。吴天明、陈凯歌决定不出席发奖仪式，代表团尊重他们的感情抉择。

7点20分，胡健在电影宫门口与电影节总代表握手时，分明感到了他脸上的尴尬。入场后，电影节主席特意到场内转了一圈，他看到，中国人还是来了。

7点半发奖仪式开始的时候，先期返回巴黎的潘虹紧张地盯着电视。先发了几项小奖之后，本届评委会主席、意大利著名导演斯科拉（导演过《舞厅》等）露面了。他风趣地说：本届参赛影片中佳作远不止一部，评委们的讨论甚为热烈，使他感到身上的使命非常艰难。他说：每年评奖都有人说是丑闻，也许今年也同样。以下依次发的奖是：评委会奖（波兰《你不会杀人》）、最佳艺术合作奖（英国《连续谋杀案》）、最佳导演奖

（阿根廷《南方》，导演索拉纳斯）、男演员奖（美国《乐手"博德"》，又译《非凡人物》或《鸟》，主演惠特克）、女演员奖（英国《另一个世界》的三位女演员赫尔希、梅和姆伍西）、评委会特别大奖（《另一个世界》）……

潘虹紧张得屏住了呼吸，尚存一丝幻想——越往后奖越大……这时映出了金棕榈奖的特写镜头，在中国代表团后一排座位上，站起来幸运者——丹麦影片《征服者佩尔》的导演比尔·奥古斯特，在掌声和欢呼中走上台去。中国人只能引颈回望，潘虹也终于彻底失望。

就是在那个晚上，陈凯歌向我发表了他的感想。他说："我心情平静，我早有预感（4天前的谈话可以为他作证）。我既不觉得对不起谁，也不觉得对不起我自己。《孩子王》毕竟是我按照自己的愿望拍的一部影片，这就没有什么可遗憾了。如果说我来戛纳就是为了得这个奖，未免显得气度不够。请告诉读者和观众，不要认为我们已经了不得了，少数成功的例子值得所有人高兴，但从整体上看并不意味着我们已经执牛耳了。中国电影如果要用'走向世界'这个词的话，路还很长，不是一朝一夕所能完成的。"

第二天,当中国电影代表团无喜无悲地告别戛纳的时候,我从盘旋而上的飞机上俯瞰戛纳,它依然是那么朦胧。

终曲,不该是一个玩笑

可能已经有读者在嗔怪我为什么不提"金闹钟奖"了。我把它留到最后说的理由很简单,因为在戛纳,我对它一无所闻。我是5月26日晚10点在从首都机场进城的汽车上听说此事的,于是再把长途电话挂回巴黎。《人民日报》驻巴黎记者马为民告诉我:"据了解,所谓'金闹钟奖',是电影节期间部分电影记者自发搞的一种余兴性的活动。据介绍,这些记者于5月21日上午找个咖啡馆,就参赛影片打分,然后由一位十几岁的小姑娘(法国最年轻的喜剧演员)宣布结果,大家一笑,到此结束,如此而已。这结果根本不通知'失望者'本人,也不存在发奖问题。"

离法前的最后一天,我在巴黎突击看博物馆。与卢浮宫隔塞纳河相望的奥赛博物馆里,陈列着法国19世纪的艺术佳作。在写实主义、印象主义油画名作和罗丹的雕塑原件前,我突然有一种顿悟:这些今日的国宝,美术史上的高峰之作,当年不是在艺术殿堂门外遭受过冷眼吗?

(《文汇电影时报》1988年6月18日,本文略有删改)

【夕拾缀语】

这篇比较完整地记录戛纳电影节过程的通讯,是应《文汇报》驻京记者之约而作。我代表《人民日报》进行的采访结果,不可能都发表在本报上,其他媒体也是需求者众。所以归国后忙碌了约一个月,写出多种内容和体裁的文章,陆续发表于多家报刊。当时还有一篇较长篇幅的《陈凯歌自白》,发表于1988年第8期的《文汇月刊》。

在法国,我见到的潘虹

——戛纳电影节采访归来

我这个跑电影的记者有一个近乎怪癖的习惯——不采访也不去写演员,大概是为了自命清高吧。此次我随中国电影代表团戛纳归来,却忍不住要写几句潘虹,虽然我没有向她作过一句采访。

潘虹在半年时间里已三到巴黎。上一次应高蒙公司邀请参加《末代皇后》首映活动,不过是半个月前的事。法方主人想为她再安排几项活动,延长十几天时间,便可以与戛纳电影节衔接上了。潘虹却执意不肯,宁肯回国半个月后再来。再来时她已俨然是一个"老巴黎",声称可以记住每站头一个字母,去钻巴黎那层层叠叠、复杂如蛛网的地铁了。

这一次到戛纳,潘虹不是主角了,她的任务在5月15日一天里便可完成:出席两场《井》(参加"国际评论周")的放映,与观众见面。在其余时间里,她到超级市场去为大家选购食品,总是她买的东西最物美价廉。法国的鸡蛋包装成打售卖,每只鸡蛋上印着它的出生日期。潘虹买来一个月前出生的鸡蛋,它比当天出生的要便宜一半。她又系上围裙下厨房烧菜,使与她同住一所公寓的胡健等人大享口福。那时,我只觉得她是"陆文婷"。她先期返回巴黎那一夜,就睡在中影公司代表处客厅的长桌上。又一夜我因为写稿迟了,睡在《人民日报》记者站,她做好了饭等着,曾焦急地多次打电话找我。绝无炫耀自己之心,却有关心他人之意——这在她这个级别的明星身上,殊属难得。

驻巴黎的中国记者接触国内来的演员多了,心中自有一杆秤。他们称赞潘虹上次作为"末代皇后"来巴黎时,在电视上答记者问大方得体。记者问潘虹工资多少,潘虹答相当于一个高级工程师吧。假如她当时据实回答是190元(此刻我不妨替她亮底了)的话,大概会引起法国人的窃笑吧?这得体自尊的话如与有些放言高论者相比,高下自见。我还见在机场上,有不相识的国内同胞邀潘虹合影,潘虹皆友好地应允,绝无不愉快的冲突产生。

我们说起有的青年演员请人捉刀代笔写"自传",潘虹说:"我自己写,至少在上海戏剧学院老师教给我的,我还没有忘。"说起有的女演员当挂名经理,买了汽车等,她毫无兴趣。她只想谈她的表演艺术,谈她下面将要拍的《坑主》《女贼》和《最后的贵族》。难怪著名导演戈达尔看中了她,特约她在巴黎见面,商谈合作拍戏的事。

她既没有"皇后"之尊,也没有"徐丽莎"之卑,她就是潘虹。

(《新民晚报》1988年6月19日)

谁道是天无二日

——影、视《末代皇帝》之比较

从小就笃信"天无二日,国无二主"的溥仪,绝想不到在他死后20年,以他为主角的影视片也会来个"二日争辉",而且是一中一洋(倘加上《末代皇后》和李翰祥的《火龙》,便是四"日"了)。我以为这真是一个既难得又很有意思的文化现象,它们为我们从视角、观念、思维方式和艺术手法诸方面比较中西文化提供了一对标本。

说某历史剧真实,并不一定是高度评价

让中国观众能够一眼看穿的,首先是真实不真实。

毫无疑问,当然是我们的电视剧真实得多:登基大典的人数、队形乃至设而不奏的丹陛大乐都经过严格考证,养心殿内景搭得可以乱真,跪叩礼仪、服饰饮馔直至打更太监的呼声……贝托卢奇是不懂还是不顾这些?单是他那电影中慈禧临终一堂景,就曾令北影厂长哭笑不得:慈禧龙床可以自动移位,两边侍立的官员中有身着明代冠服者,再靠后是两列泥塑的罗汉……与中国电视剧编导声明处处求真相反,贝托卢奇似乎一开始就要把观众引入一个亦幻亦真的环境。

这位意大利导演曾说:"我并不想努力把这部影片拍成一部历史文献,历史事件只是在想象的折光下才使我感兴趣。"尽管他也曾研究了大量资料,也聘请了中国专家做顾问,但他的初衷就没有想求真,而是求自己的创造。这就启发我们换一个角度想问题:求真会不会成为艺术创造力发挥的羁绊?会不会使人捡起芝麻丢了西瓜?这里且不说历史(生活)真实与艺术真实之关系那种老生常谈了,我只觉得,说某一部历史片真实,并不一定是高度评价。同样得过奥斯卡奖的《莫扎特传》,

可谓不大真实,但确实是好影片。再有,中国电视剧是写实,意大利电影是写意,方法和追求不同,因此谁更真实一些,就是一个不可比或无须比的问题。若比,人家显然占了便宜,许多"失真"处可以用写意来解释。且看电影中的登基大典,巨大的黄色幔帐随风鼓起,小皇帝为追蝈蝈在跪伏的臣子之间穿行……这几个显然是虚拟的镜头给观众视觉上的冲击力,以及随之品出的滋味,无疑远胜于"无一镜头无出处"的电视剧同一段落。而我们电视剧中尚存的失真处,则似乎只能看成是疏漏而找不到遁词:袁世凯在天坛祭天,居然可以声震大内,直达养心殿中溥仪的耳鼓;坐在五十年代的汽车里,搬演着二十年代的事情(尽管我理解这是因为缺钱)……

要摆脱匠气,需要全身心修养的大幅度提高

其次说到结构、细节、表演等艺术处理。看意大利人的电影,我觉得那结构是舒卷自如、张弛有致,在宏大的历史画卷中点缀以生动的细节,仿佛是骑马行山阴道上，其进退疾徐，皆在导演的掌握之中。电视连续剧的好处是篇幅充裕，可以放手细描，但我总觉得它的步态略嫌拘谨，总是在那里循序渐进，谈不上节奏了。也许是为凑齐每集的固定时间，有些一两个镜头可以交代的事，偏要反复地正反打，直到让观众心烦方罢。我疑惑：长达20多个小时的电视连续剧，给我的整体印象反不如两个多小时的电影气势宏大，其间的原因，恐怕不能仅仅用屏幕小于银幕来解释吧？

用鸽群鸽哨和鸟笼来象征自由和不自由，总让人觉得似曾相识且痕迹太重。怎么每当溥仪心绪不佳时，天上便来了鸽子？而电影中从开场的英若诚高呼开门到紫禁城和长春伪宫两次隆隆地关门，便显得效果强烈而无痕。再拿电视中反复出现的装36根草棍的罐子与电影中仅出现两次的蟋蟀罐相比，你不能不佩服后者的绝妙。尽管后者显然是虚构的，一只蟋蟀怎么能活60年？成精了？但因为你已经被全片写意的、表现的风格所统摄，便忘乎其假了。顺便提到音乐，在电视剧里用得太没有节制，而两片摄影的高下，不言自明。人家在这两项上得的奥斯卡奖,令你不得不服气。一位朋友用两个字概括他对电视剧《末代皇帝》的印象,曰"匠气",我以为十分准确。尽管它与匠心、匠意等褒词只差一字,要摆脱它,却需要全身心修养的大幅度提高,难乎哉!

尽管如此,值得自豪的是我们的几位演员(我愿意提到的是陈道明、朱琳、牛星丽),他们的表演无可争议地远胜于尊龙辈。所谓中国人演中国人,地道的中国演员演地道的中国角色,我们的长处在这里。

主体意识:你对人、对历史怎么解释?

再次该说到编导者的主体意识了,你对人、对历史怎么解释?贝托卢奇的解释也许很让中国人感到难堪:他用弗洛伊德的理论去解释小皇帝与生父、与乳母的关系;他从溥仪原著的结尾读到了"人之初,性本善",如获至宝;他在战犯管理所所长身上看到了儒家的影子,认为改造政策"既是共产主义的,又是孔夫子的"。他认为溥仪始终处于囚禁之中,始终是世态沧桑中一个不能自主的漂浮物，也许他总体上就是在写人与非人的环境之间的冲突。这可以解释为什么他要把战犯管理所中的审讯员表现得那样气势汹汹。我们可以认为这里包含着西方人的政治偏见，不管贝托卢奇的解释有多少不确切处，但它们是属于贝托卢奇的。它让西方人透过他的折射来认识中国，而中国人则更多地注意到他那陌生的视角。无论如何，贝托卢奇作为主体的观照在这里起着决定性的作用，这样，他就不失为一个大艺术家。

但当我看电视剧《末代皇帝》时，却极难触摸到编导者的主体意识，极难体会到属于编导者自己的对历史的解释，读到的是既浅显又通行的近现代史常识。如果说有所差异，那就是编导者不自觉地把观众引导到对覆灭王朝"孤儿寡母"的同情。童年溥仪大约不曾与驻守三大殿的民国士兵发生直接冲突，民国初年的士兵也绝不至于对刚刚下台的清朝皇帝如此不敬。那么"还我三大殿"一段戏意义何在？无非为民国再抹一道黑，为"孤儿寡母"再掬一把泪。这样一种向主人公认同的情感，难道是进步的现代观念吗？倘能引导观众作封建幽灵为什么至今不散的思考，不是更有益于当今吗？本可利用的旁白是那样苍白无力，以至于我怀疑它存在的必要性。《末代皇帝》播出时，正逢《河殇》重播，两部片子连起来看，两种观念的反差越发强烈。打个比方：电视剧的创作者像是伏在丹墀上描摹雕龙的一鳞一爪，便欣赏其精美。要是拉开点距离，提升点高度呢？便可以鸟瞰到一片单调的黄色瓦顶，令人感到压抑。缺的就是距离和高度。

高明者可以既享受自由，又化限制为助力

现在我们该探究一下：为什么会有这些差别？除了艺术功力、技术和财力条件，还有一些客观的、颇不易跨越的障碍。

地域、民族的阻隔。从贝托卢奇说，他自西方遥观东方，所得图像难免有些模糊，他便只能写意，难以写实。我们看自己身边的人，当然看得须毛毕现，写实最易，但也许会少了一点"旁观者清"。距离有时候并不是坏东西，无论是时间的还是空间的。

文化传统和思维习惯的差异。贝托卢奇的文化背景知之不详，反正他可以天马行空地发挥其想象力。而我们的习惯、我们的定势是什么？历史唯物主义观点、现实主义方法都曾被赋予狭隘的定义，某些写戏、拍戏的套路多年来已相沿成习，它们都限制着创作者想象的自由、视点的升移。

影视差别。电视连续剧比电影更加大众化，也更难出现力作或巨作。在结构上，电视连续剧只能顺序叙来，不能像电影那样时空交错，这在某种意义上是一种限制。在长度上，电视连续剧没有了时间的限制，可以放任自己，随意铺陈。这一对交叉存在的限制和自由摆在每一个导演面前，看你怎样去驾驭。电影《末代皇帝》既开阖自如，又剪裁得体，可见高明者可以既享受自由，又化限制为助力。

比较到这里似乎可以结束了，但近来有些报刊上披露了影、视两个《末代皇帝》的"镜头战"，我便也想就两片幕后的争斗再聒噪几句。

一、我对中国电视剧制作中心的《末代皇帝》在摄制过程中所受到的不公正待遇，寄予深深的同情。但是我希望这种同情不要与对电影《末代皇帝》的非艺术性批评搅和在一起。"丑化""歪曲"直至呼吁禁演的声音，都令人想起贝托卢奇的同胞兼同行安东尼奥尼当年在中国惹出的麻烦。

二、"中国人拍中国戏，何罪之有？"这话是对的，但还要补充两句：外国人拍中国戏，中国人拍外国戏，也没有罪。合法与否的区分点在于你是否拥有版权。以7万元人民币（后增加到9万元）卖掉《我的前半生》的版权，确乎太低了些。但中国电视剧制作中心在着手编剧之初，为什么没有想到洽购版权呢？倘若他们能够手持早已签好的版权合同对西洋人讲话，那将在这场"镜头战"中占有何等有利的地位！看来"中国人拍中国戏"的理直气壮须打一点折扣了，中国人也该从此案中意识到法制观念的必要。

三、电影《末代皇帝》获奖，一批中国人把这当成了自己的光荣，大力宣传是合拍，不是协拍。或者玩文字游戏，说协拍是合拍的一种形式。我总搞不懂，我们没有投资，没有收入分成，没有艺术创作权，所提供的劳务是50万美元一次性卖出，这算得上合拍吗？如果算，那么在国内外招来一片骂声的《大班》与此形式一样，为什么没有人站出来承担合拍之责呢？这种有功拿过来，有过藏起来的做法，实在无助于中国电影的进步。

写了这些，似乎对我们自己的电视剧看得过苛了，其实它还有不少值得肯定的地方，没顾上细说。"严以律己，宽以待人"，这大概是我们民族遗风中还值得留存下去的一种吧？也许外国人看我们的电视剧，会看出与他们不同的观点和手法，也觉得新鲜，那又另当别论了。

（《中国青年报》1988年9月4日）

【夕拾缀语】

1988年，几乎同时上映的影、视两部《末代皇帝》

成为一个热闹的文化现象。我喜欢作横向对比,前面曾经把本来无关的《末代皇帝》与《红高粱》扯到一起,进行中外对比,这次又进行了同一题材的影视对比,也还是中外对比。年轻的我还不懂得,如此对比是很容易得罪人的。

当时我写影视评论,已经小有名气。听说电视剧《末代皇帝》的导演周寰曾点名想请我写评论,但是别人告诉他,此人已经写了,竟是扬外抑中,如此对比的。周导只得作罢。如今重读,虽然大观点不变,却颇感我当时年轻气盛,口无遮拦,对国产电视剧过于苛求了。

民族性与走向世界

——访美籍华裔影星卢燕

卢燕,美籍华裔影星。1947年赴美留学,1958年入好莱坞从影,曾主演影片《山路》。1970年至1973年,在我国香港、台湾拍摄《董夫人》《倾国倾城》等片。1979年后多次回祖国大陆,曾三进西藏拍摄电视片。今年(1988年)5月,获洛杉矶市长颁发的美籍亚太裔"杰出表演艺术奖"。近年来参加了影片《末代皇帝》和《最后的贵族》的拍摄。

记者:听说您作为美国电影艺术科学协会的会员,曾十多次参加奥斯卡奖的评选。您能否谈一下近几年中国选送奥斯卡的影片屡屡受挫的原因?

卢：去年送去的是《孙中山》，美国人认为这部影片是宣传品，便在印象上先筑起了一道围墙。今年送去了《芙蓉镇》，评委们认为它在结构上、技术上都很好，对刘晓庆的演出也很赞赏，问题是他们不了解那一段历史的背景。《芙蓉镇》没有入选还有一个因素，就是今年参选的各国片子质量太高了，是非常难选的一年。有些影片虽然没有入选，但票房纪录和舆论反响都很好。另外一个重要的问题是，我们在翻译方面做得不到家，直译还不够，要意译。"文革"时代的词如果字对字地译，人家根本不能理解。对白要重新编过，让美国人了解，这是很难做的一件事。既然我们这几次的选材都不能引起人家共鸣，那么以后选送的应该注重有我们民族性的、风土人情的，但又不能太不为外人所接受。我想今后应当选送注重人性、具有人类共有的国际性主题的片子。

记者：我有这样一种印象，即电影节在国际性和艺术性上都更强一些，而奥斯卡主要代表美国人的文化和趣味，商业气息更浓一点，是不是这样？

卢：是的，这是因为国际电影节的评委是各国请来的，奥斯卡的评委绝大多数都是美国人。谢晋先生是唯一的中国籍会员，他们在评选期间几乎不可能到美国来观片和发表意见。评委是美国人，当然他们的趣味和看法都是美国的。

记者：中国电影要走向世界，很难直接进入商业市场，而参加国际电影节，争取获奖，是扩大中国电影影响的一条可行之路。这是国内电影界相当普遍的看法，您以为如何？

卢：是这样的。即使是美国的片子，也要走这条路。在欧洲和美国，影片的宣传是很费钱的，这一套"包装"是非常昂贵的，片子和演员要参加这一角逐，商业的成功也是一个目的。中国电影无论获哪一项奖，报界就会自动来访问你，为你写文章，用不着太花钱。

记者：您最近在《最后的贵族》中与谢晋导演合作，有什么感想？

卢：谢晋的电影我很欣赏，他是传统性的叙事手法，每一个镜头、每一格他都把握得很准确，对于表演，尺度他掌握得非常得体，他技术上很成熟，对人性刻画非常深刻。在美国有这样的情况，有的新导演可能一部片好一部片差，他们创作上凭着一种即兴的冲动，而有的老导演则保持一定水准，差不到哪儿去。谢晋先生就是后者。看《天云山传奇》我哭了，《牧马人》《芙蓉镇》都很好。

与导演谢晋一起工作以后我了解了，他是一位非常热爱艺术、有献身精神的艺术家，我敬重他。他时刻想着影片，甚至可以忘记自己，睡得很少，吃也不挑剔，与演员和工作人员打成一片，绝不因自己是"五连冠"导演而高高在上。他对演员在艺术上要求很严格，但在生活上却非常体贴爱护。就我的经历来讲，这样的导演是难得的。

记者：您对中国青年导演和他们的作品有什么看法？

卢：他们是很新潮、很有生气的。我很欣赏张艺谋的《红高粱》，陈凯歌的《黄土地》《孩子王》，在艺术上都是非常好的片子。我觉得应该用这种片子去打进国际市场，因为它们都具有自己独特的民族性，表达的情感很强烈，而且是人就能够了解这种情感。如说谢晋像中国的工笔画，张艺谋就像写意画，各有千秋。

记者：您在美国片里演中国人，肯定会遇到东西方文化冲突的问题吧？您如何处理？

卢：中国演员到国外拍片遇到的一个苦闷，就是一切要按照人家的艺术处理，人家不能理解你，不太能接纳你的意见。尽管如此，我常常要与人辩论半天，告诉他们：中国人不是这样的。即使同是中国人，经历过"文革"的中国人和在海外生长的中国人也不一样。有时按导演的要求和我的理解演两个给他看。我在哥伦比亚公司演《山路》时，合作者中导演、男主角、摄影、音乐都得过奥斯卡金像奖，但我看到对中国人处理不对立刻就讲。有时他们接受，有时不接受。在国外，要正确地演一个中国人，实在是很难的。

我到了这个年龄，仍然在追求，想演一个真正具有中国民族性的女性。希望能有一个机会，使我多年来的追求如愿以偿。

(《人民日报》1988 年 11 月 9 日)

西影蒙太奇

1. 西安电影制片厂位于大雁塔东侧一箭之地。

1955年,几位北京来客和两位苏联专家为大西北第一个电影基地选中了这个厂址。那时,这里全是麦田和荒凉的坟地。西影厂史上记着"大雁塔往东连一条土路都没有,不仅没有路,连稍宽的田埂也没有,筹建处的先行者只能沿着党校的围墙拂麦蹚草,一步一步地走出路来"。

麦芒刺身。创业者只记得那年的小麦长势茂盛。

2. 在红丝绒的衬底上,从国内外获得的50余件奖杯、奖牌闪着金光或银光,金鸡、金熊、金麒麟……西影厂建厂30年了,陕西省委、省政府在为它举行庆功大会。时为1988年11月23日。

轮到厂长吴天明讲话:"荣誉全部过去了,'30'这个数字,意味我们面临着第三次零的突破。西影厂是一俊遮千丑,现在更应该看到困难和问题……"

3. 两个月以前,我曾来过西影厂。那时候看到的是杂乱的脚手架,柏油路被黄土掩没;听到的是经济上和管理上的重重困难,人心惶惶不安。吴天明正出访美国。人还没有回来,却传来了他要卸去厂长职务另组"天艺"公司的消息。

我带走的是深深的隐忧。

4. 省委、省政府关于进一步扶植西影厂发展电影艺术事业的十项政策,在庆功大会上正式宣布。西影职工自发地爆响一阵掌声。

吴天明还是西影厂厂长。有人说是省委、省政府的十项政策留住了他。

两个月过去,西影人的精神面貌大为改观。其转机就在这两件事上吧?

5. 两个月过去,西影人面临的困难并未消散。

西影厂副厂长马继龙在大会上公开讲:把西影厂作

为经济管理上成功的典型与兄弟厂对比,并不能触及问题的实质。当前各电影厂面对的共同问题是:社会效益与经济效益的关系,国家在宏观上没有政策保证;电视、录像对电影挑战,观众锐减;发行体制尚未改革,制片厂只能拿到发行利润的百分之十几,积极性被挫伤;电影审查制度有待法律保护。在这些问题上,西影厂也不能幸免。

6. 吴天明提出"总结经验、整顿厂纪、深化改革、重振雄风"16字任务。

半个月以前,他把全体导演拉到临潼开会。艺术家们热情的诤言,使吴天明意识到西影厂的良知还在。

厂庆以后,将把一批经济和企业管理专家请进来,向他们讨教改革良策。

改革方案已在酝酿,制片厂将划分为几个分公司,试行股份制,在竞争中求发展。

广集天下贤士,引进艺术人才。我亲耳听到北影黄建中刚答应来西影拍一部片子,吴天明又去求北京电影学院院长沈嵩生:能不能把郑洞天借给我?三年不行,一年也好!

7.放映室和会议室交替热闹着,西影厂拿出四部新片向专家和来宾请教。张艺谋、杨凤良的《代号美洲豹》、周晓文的《疯狂的代价》、颜学恕的《杀手情》、黄建新的《轮回》。中青年导演,获奖导演,西影厂今日之中坚。

不管是褒是贬,不管是惋惜"张艺谋不见了,颜学恕不见了",还是欣赏他们在商业化大潮中找到了自己新的位置,西影厂明年的年景,总不至于大跌。特别是《轮回》,或许成为为西影厂保持荣誉的力作。

8.深秋的西安南郊,露结为霜。吴天明带领十几位中青年编剧、导演来到烈士陵园,凭吊和告慰已故的两位老厂长。他在履行4年前上任时的一个诺言。

这个场面联结着西影的过去和未来。

9.建厂元老们不会忘记,西影厂的第一部故事片,竟是在一座兼作食堂的席棚中拍出来的。那样的物质环境,将一去不复返。

不必年纪很大的人们也还记得,西影厂"文革"前最不应忘却的一部影片，是1963年拍摄的《桃花扇》，可惜未经发行便遭批判。那样的政治环境，但愿也一去不复返。

10.西影厂厂区南部，高耸起一座秦代王宫。东西长130多米，高27米，其巍峨壮观，令人想起《阿房宫赋》。它是为中加合拍巨片《秦始皇》搭起的外景。

吴天明告诉我，几天前他曾夜登秦王宫。站在那上面俯瞰静静的厂区，他心情激动，但并不曾涌起"秦王扫六合，虎视何雄哉"的豪情。他想的是：有朝一日离开西影时，我会跪在厂门口大哭一场！

他不会离开西影厂。我想。

（《人民日报》1988年12月21日）

漫说中国电影的"第五代"

中国大陆的"第五代"电影（在中国台湾称作"中国新电影"）走过了它的第一个五年，似乎到了告一段落的时候。这既因为出现了《红高粱》《孩子王》（它们都拍摄于 1987 年）这样两部在不同方向上达到极致的影片，也因为"第五代"导演中的多数人在商品化大潮面前晕头转向，继而半推半就地掉头转向。回过头来做做总结，此其时也。

一百多年前的法国人丹纳讲艺术哲学，特别强调种族、环境、时代三大因素对于艺术乃至整个文明的作用。以这种方法用于"第五代"，颇觉"合槽"。近来运用新方法的论者，总爱强调"本文"，既已成为本文，便与原作者无涉。无论这方法在其他方面运用起来效应如何，反正用它来读解"第五代"，总让我觉得是隔靴搔痒，不得痛快。观察"第五代"，需要搞一点作者研究。

"我始终认为，指导我拍摄电影的基本的东西，并不是技巧，并不是电影学院教给我的专业技能、理论技能，更重要的是我过去的生活经验。我始终认为，中国电影能取得今天的进步，年轻的中国电影工作者能逐步为世界所认识，这和我们在'文革'中的生活经历有直接的关系，是生命的过程与其本源的关系。我想正因为中国有大的苦难，所以中国应该能够产生一些思考的作品，去回顾我们这个民族走过来的这样一段道路。"在戛纳，陈凯歌对我如是说。在我，是把陈凯歌看作中国"第五代"电影工作者思想上的代表人物。（顺便说一句，在电影语言、影像造型方面的代表人物是张艺谋。）

不谈经历便不能理解"第五代"，以至不少西方记者和影评人都注意到，影片《孩子王》中导演本人的经历所起的作用。然而也并非谈到经历便是理解了"第五代"，我听到过一些大约是自出悬揣的议论，颇不以为然。

譬如有人从"第五代"电影中看出了"红卫兵意识"。其意大概是：强烈的反传统，在狂热的理想之后沦入极度的失望。而在我看来，其一，"第五代"导演中的大多数当年大概都没有加入红卫兵的资格，张艺谋和陈凯歌那时背着家庭的重负直不起腰来，有些人还是小学生，连年龄也不够，无论他们当时对红卫兵是恐惧还是钦羡，大约都没有红卫兵生活的实际感受。其二，反传统，希望超过前辈，这是年轻人特别是有出息因而显得"狂妄"的年轻艺术家的普遍心理，从法斯宾德到大岛渚皆然。所以，这一概括并不准确，尽管论者是"第五代"的同代人。

还有人说："第五代"电影产生于浩劫后的"文化断裂"的废墟中，他们的文化准备的不足注定了他们影片的不成熟。说这话的是"第五代"的前辈，言下不无长者对于晚辈的某种用大度包裹着的轻蔑。不成熟固然有，但并不足怪，干了几十年电影仍不成熟者也大有人在。如果说念了电影学院本科四年的毕业生（"第五代"

中多数人属此，少部分是经过实践后的进修生）尚"文化准备不足"的话，那么在人民共和国最初10年里从文工团、速成班里加入电影队列的某些三四代之交的导演，又该怎么说呢？如果真有所谓"文化断裂"的话，也不自"文革"始。况且，也许"第五代"正得益于这个"断裂"呢！关于他们的文化素养，下面还要谈到。

那么，在"第五代"的经历中，什么是最关键的部分——影响到他们的作品、影响到他们的为人？

我以为关键是在于两点。一、他们是在童年和少年时代，即长大成人的阶段，遇到了"文化大革命"；二、他们尚未进入知识分子圈，便被下放到农村，湮没在社会最底层。这样一个时代和年龄的际遇，这样一种地域和阶层的重合，造就了这样一代人。历史提供这样一种条件，也许仅此一次，所以他们既不同于本来应以兄弟相称的"第四代"，也不同于继踵而来的"第六代"，你休想用人为的办法再复制出一批"第五代"来。

所以，我称他们为别一类知识分子，区别于此前和此后的诸类习见的知识分子。到底是怎样一类？很难作简洁的语言概括。若说是包装粗糙而内里细腻的一类知识分子，似有失肤浅；若说是介乎工农与知识分子之间的一类人（当然与那种消灭城乡差别、体脑差别的共产主义新人毫无关系），又多少对不起他们天才而又痛苦地从事着的精神劳动。我想由外及内地来认识"第五代"，还是从与"第四代"的对比入手吧，后者是一种常态的中国知识分子的典型。

张艺谋这样对我谈起他们和"第四代"的差别："说起'第四代'导演，他们是在创痛里走，他们的创痛是在成熟时期经受的，所以他们的作品表现'文革'，就离伤痛很近，很伤感。而我们当初年龄还小，等成熟以后再看那些创痛，就不同了，苦难留给我们和他们的痕迹是不同的。比如《黄土地》，就是隔得远远地看，到了《红高粱》就更超脱了。我觉得这就是我们这代人的特点。"后来我在写文章时，把艺谋的意思概括成这样两句话："他们是在成熟时期受创痛，我们是受创痛之后才成熟。"

记得艺谋谈了上面一番话之后，我说：我觉得你我这一代知识分子（不是我有心攀附，我与艺谋同龄），是某一种独特类型。在知识圈里，可以愉快地讲很文雅的话，谈很深奥的话题，甚至怀着某种"神圣的忧思"；但到了工农百姓的圈子里，又可以很自然地操起那被文人视为粗鄙的语言。甚至在一代人之间讨论起问题来，也会粗话连篇，把高雅的艺术语言粗俗化，或者叫用粗俗来包装高雅，似乎不如此便不能尽兴达意。这绝不是虚伪的周旋，而是自然的适应。七八十岁的老先生当然绝不屑也不会如此，四五十岁的中年导演们也是如此，即使他们偶用俗语，也往往流露出一种"体验生活"式的不自然感。张艺谋点头同意我的意见。

粗糙的包装毕竟只是最表层的、一望可知的现象。仅此一点也使我想到，在知识分子和工农之间，青年导演们无须一个"放下架子"的过程，他们曾成为真正的一介工农，无论在客观位置还是在自我感觉上，他们都与干部或大学毕业生的"下放"绝不相同。当他们成为知识分子、成为导演的时候，倒是有意要"端起来"一点。而所有在"文革"前已经身在电影厂或电影学院的人们，他们走的路正好是与"第五代"相反的，这里存在一个"剪刀差"。

从外包装进而看内武库。无论外表怎样粗俗（但愿它不要发展成某种矫情的幌子），他们毕竟是一批极富才华的青年知识分子。他们的文化知识结构如何？在我看来包括四个部分，按时序叙来便是：一、"文革"前在小学、中学所受的基础教育，以及"文革"期间碰上什么读什么的杂学旁搜，这为他们初步了解中国传统文化，打下了一定基础。我知道陈凯歌在云南插队和当兵期间，便在读《史记》和《红楼梦》，后来在考北京电影学院之前，他本来是想报考唐宋诗词专业的研究生的。二、"文革"期间，在社会上特别是穷乡僻壤的农村所受到的"潜文化"熏陶。四时劳作，饮食男女，街谈巷议，乡风民俗，无一不是文化。这种没有形成文字的"潜文化"，可能以比书本更强大的力量作用于涉世未深的少年。看到这种"潜文化"，便不会认为在"第五代"的文化接受史上存在一段空白，相反,它也许正是"第五代"长于其他代的一种财富。三、电影学院的系统教育。即使是这样一种教育，"第五代"所受到的也自有其独特性。他们赶上了国内开放的最初的潮头，能够大量地吸收隔绝已久的外来文化。电影学院的师长们给了他们自由探讨的环境，使他们怀着长久的谢意。四、他们中的部分人在取得成就之后，获得了出国参加影展、直接与世界对话的机会，其中陈凯歌还较长时间地在美国生活。眼界的开阔，会带来文化观念、美学观念的进一步拓展。

从知识结构进一步深入，还需探索"第五代"导演们的心灵。在观念、意识这样一个层次面上，我试着划分出历史观、自然观、审美观三个部分。也许很不全面，但使我感兴趣的是，在这三个部分里我都看到了他们经历的烙印，都看出了他们区别于前代的特点。为了行文方便，也为了言之有据，我将较多地引用他们中的一些人的原话。

历史观。这可以分成两个层次来谈。首先是他们能够冷峻而超越地看待历史，张艺谋的说法最浅明："隔得远远地看。"陈凯歌在他写张艺谋的一篇特写《秦国人》里，发过类似的议论："一些古往今来的艺术大师，他们的作品之所以有了传世的魅力，大约是因为他们并不把自己弄进一个个人和具体时代的痛苦里头，他们的艺术是会飞翔的一种。"他提到了莫扎特，"恐怕不能说，他不敢正视世上的苦难，而只能说，他小看那个苦难，他早早地比别人超越了那个苦难"。凯歌认为，"第四代"导演在"文革"中丧失了很多时间与东西，从做事的意义上是浪费掉了，这决定了他们对世界的看法比较感伤，有很多难言之隐，在其电影作品中流露出情绪。而在他看来，"与其很感伤地留恋过去的东西，不如去找一条新的路，这也牵涉到对'文革'作为一个历史事件的不同的态度"。凯歌的看法是：当人们不能有效地选择历史的时候，就不要发怨言，应该承认我们所做过的一切，并且有勇气去寻找新的东西。他拍《孩子王》，就抹去了一切小红书、大标语的痕迹，仿佛在讲一个时代背景不明的故事。我见到有的刊物指责凯歌，他们哪里能理解导演超越具体时代、深入历史和文化层次的用心呢？

其次，历史观的另一个层次是对历史、对社会的深重的责任感。这一代人不是"麦田守望者",他们自幼所受的教育便是"天下兴亡,匹夫有责",要"铁肩担道义",乃至"解放全人类"。这种理想主义虽然经受了怀疑和否定,但并没有完全泯灭。更准确地说,是旧的理想主义幻灭后,代之以更深层、更庞大、发生了质变的一种历史使命感。1988年5月在戛纳,在陈凯歌赴美8个多月以后,他仍然这样对我讲:"我对本民族、对这个伟大国家负有一定的责任,这样一种信念始终不悔。这种强烈的内心激荡的使命感,直到今天没有忘却。"这种使命感,在《黄土地》《孩子王》乃至黄健中的《黑炮事件》中,我都看到了。

自然观。"第五代"导演大都在少年时代便被抛离城市,置身于山野田间或边寨林莽,始而被迫继而自觉地与大自然相遇合。他们一边在"改造"自然,一边在自然中顿悟。自然是宁静的,而社会是混乱的;自然是舒展的,而人类是压抑的。陈凯歌的一段回忆颇为有趣:在云南农村,晚上给蚊子咬得不能入睡,他便躺在浅浅的小河里,"让你有种很奇怪的感觉,云南是高原,和天空比较接近,而且没有什么工业污染,所以上面就是很明净美丽而又灿烂的星空,你还可以感到有很多小鱼来咬你的伤口,觉得很舒服。这时候在自然之中,很多冥想如周围的社会、自身的前途,都一齐涌来。我想这对一个孩子的长大很有帮助"。当这些孩子一旦成为电影导演时,便用他们的镜头和胶片去与自然对话。他们又一次走向了边陲荒野——《黄土地》中的高天厚土,《猎场札撒》《盗马贼》中的茫茫草原,直到《红高粱》中与人共命、为爱折腰的野高粱地。"第五代"导演为什么不约而同地去拍偏僻蛮荒的景观?还是陈凯歌作答:"我觉得不是偶然的,他们有一种心态,总觉得自然界的景观在一定程度上是胸怀的表现,他们看得比较大、开阔,而不屑于去表现那些半串子的城市生活。到大地方去一显身手,这里边有一种心理上的要求。"到了《孩子王》里,表现人与自然的关系自发变为了自觉。有人问陈凯歌是不是在寻求回归自然,他说:"我在云南的经验是:回到自然没有什么不好,我从来不觉得是因为资本主义的腐败,人们要逃避现实才想回到自然中去,不是。我们对自然太不重视了。我在《孩子王》中希望把自然与人作一个对比,对自然的描绘可以说是我们的一种理想。"有人指出,这种返璞归真向自然的调子,是老庄以来的道家思想传统;这种外表平实、内心孤傲,表面消极、内心积极的态度,是中国农业社会产生的特殊心理。此说不无道理。

审美观。与自然观相联系。陈凯歌这样为第四、五代导演作分野:"'第四代'的导演基本上是在江南,就是在风景很秀丽的地方拍一些很细致的、很纤丽的电影,画面中往往充满绿色和水分,有种强烈的怀旧情绪。但是几乎所有'第五代'导演都到西北,到很荒凉的地方去,这是一个很明显的心理状态的差别。"在银幕形象上表现出一种潮湿、温润与干枯、粗粝之别,在创作者或主人公的生态地域上则表现出一种南与北之别。而在这些背后,实际上体现着美学倾向或审美观的差别,审美观背后也还有深藏的东西可挖。正如有的评论者所指出的:"第五代"有种粗犷、壮美的倾向,使人感到自信心很强,这和他们的出身经历有关。他们的路是自己走的,性格素质是自己塑造的。他们探索人性,则是着力探索人性之中动的那一面,狂热、韧性、旷达都带有动感。他们以前的诸"代",有一种柔美的倾向或传统,讲究细腻圆润,探索人性则侧重于受压抑、忍辱负重、温良恭俭让的那一面,也就是民族文化心理中静的一面。自然,这也与前辈人的出身经历(包括地域)有关。如果我们从"第四代"和"第五代"中各选出一个极端然而却典型的例子——《乡音》和《红高粱》来作比较,便可以强烈地感到它们的差距何等的大。我并不想说粗犷、壮美者一定胜于细腻、柔美者,但从这里可以明显地看到创作主体审美追求的转变,也许它们在一定程度上代表着审美时尚的转变。

在历史观、自然观、审美观之外,似乎还有值得谈的,譬如"第五代"的文化观。这是一个相当时髦也相当深奥的题目,之所以不想再细论下去了,是因为:第一,文化这个概念太大,从历史观到审美观皆可以包容在内;第二,"第五代"在文化观上表现出的差异较大,像《孩子王》是专门探讨文化传统的利弊,而其他"第五代"

不一定像陈凯歌那样对文化抱激烈的批判态度。因此，关于这一批导演的文化观，也许需要留到别的文章中去专门讨论了。

（《现代社会与知识分子——知识分子文丛之一》，辽宁人民出版社，1989年1月）

没有"上帝"

商业界有种说法,叫"顾客就是上帝"。这话按说不错,在某些国家也是实情。但在国门以内,只要我们的物质生产还赶不上消费要求,只要市场还是卖方一统天下,我相信,我们作为顾客就暂且享受不到"上帝"之福。

电影界也横向移植说"观众就是上帝",但是大约没有哪个观众对此信以为真。电影的一半属性是商品,单就这方面说,我们的财力还不足以供观众想看什么就看什么。电影的另一半是艺术,还有意识形态包括道德规范管着,还承担着教化功能和认识功能,从这方面说,观众也不可能是至高无上的。既然办不到,干脆就别说。

除了客观条件,电影创作者主观那一方面也不干。

观众是"上帝",那艺术家是什么?信徒还是臣仆?刚刚从西柏林抱回了银熊奖的青年导演吴子牛,今年初在一次会议上说:"我认为观众绝不是'上帝'。如果观众是'上帝',我们就得受其摆布,也就从根本上丧失了电影的主体性,或者颠倒了电影的主客体。电影的主体应当是创作者。我觉得既要尊重观众的审美趣味,又要考虑甚至强调创作者的主体意识。"他举例说,谢晋之所以拥有那么多观众,是因为观众尊重谢晋的艺术创作,他培养了成千上万观众。如果说有"上帝"的话,谢晋才是"上帝"。

吴子牛的说法令人同情。艺术家要是时时甘居人(观众)后,处处俯仰随人,还谈得上什么艺术创造呢?何况口里称"观众就是上帝"者,也许眼里盯着的是观众口袋里的钱。同时我以为,艺术家——无论是谢晋还是"第五代"导演——也不是"上帝",他们在恣意挥洒地进行创作时,总要考虑一点观众的接受能力,考虑一点主客体之间心灵的沟通。或许从事美术、音乐的个体艺术家还可以关起门来以"上帝"自居,在电影这样一种高成本、工业化生产、集体创作、集体观赏、离开了观众便难以存活的艺术里，容不下一个"唯我独尊"的"上帝"。

一边是艺术家们张扬个性、尊重独创，一边是商品经济大潮里观众有充分的自由选择权。所以，于今是一个没有"上帝"的时代。那怎么办？电影局长滕进贤提出："创作人员与观众应处于双向制约的平等关系之中。"虽说认真做起来还有不少难处，但这终不失为一种理想的关系。

我们不想当"上帝"，我们也不想拜"上帝"。拍电影、看电影的都是人，这就够了。

（《人民日报》1989 年 3 月 11 日）

电影：可以使地球更小些

——访吴子牛

吴子牛，属蛇，四川乐山人。1982年北京电影学院毕业后以电影导演为业，辗转于潇湘厂、八一厂和福建厂，拍摄了《候补队员》《喋血黑谷》《鸽子树》《最后一个冬日》《晚钟》《欢乐英雄》和《阴阳界》7部影片。

记者：去年陈凯歌曾对我说，你拍片很不顺利，但你仍然坚持按自己的选择默默地拍片，他很敬重你这个同学。现在你捧回了西柏林电影节的银熊奖，有何感想？

吴：我原来想，中国人为什么一定要让外国人来肯定自己？没想到今天也落到我身上了。我不指望得奖给我带来什么,还是默默地拍片吧,下一步我将回潇湘厂拍根据小说《神吹》改编的《五合村》,男主人公跨度70多年,描写多灾多难的近代中国对五条汉子人生的影响。

记者:从你的影片中能看出一种绵延不断的对战争的关注,这是为什么?

吴:战争是生死场,人生最尖锐的问题可以在这里得到揭示。战争是可憎的,充满了死亡、毁灭,甚至连尸体还要受到损害。但是在死亡里要诞生一种希望,这就是思想。我对战争的态度是这样的:如果有外敌入侵,我会毫不犹豫地投入卫国战争。但是在我临死前,如果还有机会表达自己的心愿的话,我会说:我憎恨战争!我想跨越一个民族的立场,从世界文化的高度来看待战争。为什么《晚钟》里中日双方所有人物都没有姓名?因为世界任何一个国家的军人都可以到其中扮演一个角色。目前,我觉得拍现代题材不如回过头去寻找人文的、历史的植根,但如果没有一种寄托、一种牵引,就会埋葬在历史里。

记者：你的经历与你执意要表现的战争有什么关系吗？

吴：我们这一代人虽然没有经历过真正的战争，但经历过一些动荡，给幼小的心灵造成一定影响。说到经历，我想起一件很有趣的事，很小的时候看过的第一次让我流泪的电影，是日本导演木下惠介的《24只眼睛》。如今木下先生已经70多岁，听说他看了《晚钟》，把他正准备拍摄的一部反战影片《战场上的誓约》下马了，认为《晚钟》已经表达了他要说的意思。

记者：你和木下先生好像有某种缘分，其实是艺术家的良知能够超越民族，也能够超越"代沟"。对于作为艺术的电影，你又有什么见解和追求？

吴：电影如果真是艺术，它可以使地球变得更小一点，也可以使地球更干净更美丽一点。刚上电影学院的时候一天早上醒来，我突然明白：我这辈子就是该拍电影的。一个文学青年终于找到了理想的事业——电影。它的手段太丰富了，它能让你的思想动起来，把对生活的理解最充分地表现出来。如果说我的7部影片有什么主题贯穿的话，那就是为人生而艺术。电影才100年历史，再往下走，它会是了不起的一种文化。有外国记者问我喜欢哪些大导演，我说：我们在一段时间里受到意大利新现实主义电影的影响，但很快认识到它们10年消亡是必然的。安东尼奥尼则是大师，他深刻到极点，也朴实到极点。还有瑞典的伯格曼、苏联导演过《安德列依·鲁勃廖夫》的塔尔科夫斯基，都让我佩服。实事求是地说，我曾喜欢戈达尔、费里尼，但不知道喜欢他们什么，未必能够效法。

记者：在你的作品系列中，既有商业上很成功的情节片，也有不注重商业效益的"探索片"。那么你对目前电影界关于"娱乐片"的争论有什么见解？

吴：我不愿意介入理论的争吵，还是炒些好点的菜让大家尝一尝吧。电影样式是一种载体，我不愿意为样式而样式。例如《喋血黑谷》是很"主流"的一部电影，但其中有我的内心独白，例如难民的48个镜头，它与影片中中国人的内耗形成对比。我相信我这个人很能拍商业片，而且是高档的。但在片子里一定要或多或少地表达自己的理想,如果没有就不拍。去年曾有人出很高的报酬请我拍电视剧,我以为没有意义便谢绝了。做一件事绝对要有价值,拍《晚钟》的过程尽管很痛苦,但是有价值。我不愿意急功近利地拍电影,太功利了没意思。我没有任何必要去参加"娱乐片"讨论,我将用作品证明:"娱乐片"和艺术片是可以结合,可以兼顾并存的。

(《人民日报》1989年3月16日)

看《霸王别姬》怀陈凯歌

（1993年）5月。某日从报上忽然看到《霸王别姬》在坎城（即戛纳）影展上获金棕榈奖的消息，大喜之余，起了向凯歌致电祝贺的念头，却不知他当日萍踪何处。是故园北京？是已客居六载的纽约？是制片老板所在的台北，抑或进行后期制作的东京？

9月。传来凯歌将来多伦多参加"万节之节"的消息，正庆幸又有一次与他晤面秉烛夜谈的机会，可惜他又因故取消了行程。但终于看到了《霸王别姬》，我既看到了凯歌的大变化，又觉得如对故人。

三进坎城坎坷以成

陈凯歌站在领奖台上说："我第三次来坎城，才深知站在这个地方是何等不易。"前此，他拍的《孩子王》（1988年）、《边走边唱》（1991年）两度入围坎城影展参赛，两度失利。1988年，我作为中国大陆记者兼凯歌的老同学，在坎城与他共度悲欢。此后又成为凯歌和他家尊翁（北影厂导演陈怀皑，《霸王别姬》艺术顾问）的座上常客，他曾多次对我作倾心长谈。这就是为什么我对凯歌的失败与成功感同身受的原因。

坎城有世界上规模最大、等级最高的影展，坐落在地中海滨的那座电影宫的确可称电影艺术的圣殿。五年前，《红高粱》刚刚在柏林获大奖，中国电影界在热浪头上，派出二十多人的代表团赴坎城为《孩子王》助威。来自中国台湾、中国香港的影界同行们也真诚地为《孩子王》的获奖而出力献策。那时的凯歌，蓄长髯，着夜礼服，系红腰带，心高气盛。但最终，《孩子王》与任何奖项无缘，凯歌谢绝出席颁奖仪式，与吴天明徜徉海滩，听夜涛拍岸。

当年，我在通讯《戛纳，尽管不是凯歌》（见《文汇电影时报》1988年）中，认为《孩子王》失利的主要原因是：文化背景与社会背景的差异，西方人对中国"文革"中穷乡僻壤一名小学教员遇到的儿童教育问题难以理解；思想负载的沉重压暗了明快，压慢了节奏，使观众感到晦涩、沉闷；洗印的拷贝质量低劣，色彩失真，许多独具匠心的设计无法体现于银幕等。

在坎城，凯歌就曾告诉我下一部要改编拍摄身患瘫痪的作家史铁生的小说《命若琴弦》。成片定名为《边走边唱》，此片迁延两年，到1990年凯歌才自美返大陆与北影厂合作拍摄，1991年再赴坎城参赛。这次他剃光了胡子，却没能改变运气，再次无功而返。我是同年在多伦多影展上看到此片的，时隔三载，人地两非。

《边走边唱》与凯歌以前拍过的影片有些不同之处，他靠海外资金拍摄，花的不是人民币，所以拍起来更能自由挥洒，少受掣肘；他到日本去做后期制作，图像和音响都达到了国际水准。艺术上，在延续个人风格的同时，可以看出凯歌在留意与《孩子王》有所区别：写一个西北高原弹唱盲艺人的流浪生涯，没有时代年纪可考，没有政治或军事的干预，有的只是命运残酷、造化弄人，发出的是"何时盘古开天地"式的"天问"，配以黄土高原和黄河等壮观景色。它更像一个古老寓言或民间传说，似乎放之四海皆可理解。可惜，其情节的弱化和虚飘，其谜语式的言外之意和画外之旨，使观众的反映与前片大同小异：晦涩、沉闷……

凯歌的路是坎坷的。若求变，是该变得实一点还是虚一点？该更多地保持原风格，还是更痛快地跳出旧我，追求新风格？

"霸王"夺金大雅若俗

据我所知，凯歌与中国台湾影星兼制片家徐枫女士的订交，就是1988年在坎城。那些天，陈凯歌、张艺谋、吴天明等与中国台湾来的侯孝贤、张艾嘉、徐枫等相聚甚欢。影展结束后，陈凯歌与徐枫同车返巴黎，途中发生车祸，幸无大碍。他俩也可算患难之交了。

自从在报上看到由徐枫出资、凯歌执导《霸王别姬》后，我就一直关注着它的进程。今年5月，正巧凯歌登程三赴坎城的时候，我在本地图书馆的中文书架上，找到了李碧华的小说原作。我想，或许这位作家的传奇性风格与导演的沉思性相结合，会生出什么"异种"，也未可知。

后来电影《霸王别姬》得奖了，后来我看了影片。我的感觉是：在影坛号称思想家的陈凯歌，终于放下了思想的负载，导演了一出制作严谨的情节剧。他似乎开始顾及到观众接受的广度，亦即影片拍成后的商业效益——这是应老板回收投资的要求，还是我国经济大潮汹涌、文人纷纷下海的间接投影呢？他不再走欧洲前卫大师们的探索路线，而拍了一部荷里活（好莱坞）式的情节剧。这是不是因他久居美国，近朱者赤呢（我曾听他描述一些美国大导演如何拍片)？然而此片不是获奥斯卡奖，而是在素以前卫领潮流之先的法国坎城获奖，这是不是说明欧洲乃至世界电影都在向着通俗或曰拜金靠拢呢？或许，大雅若俗。

无须否认，《霸王别姬》在题材上讨巧，占了不小的便宜。一个京剧，一个同性恋，便使西方观众吊足了胃口，过足了瘾。此外，若没有前两次失败作为铺垫，也难有这第三次的成功。

将电影与小说原作对比，是饶有兴味的。譬如原来在段小楼、程蝶衣这一对主角的微妙关系中间，妓女出身的段太（巩俐饰）是唯一的第三者，电影中增加了戏霸袁世卿这第四者，着墨不多却令人过目难忘（葛优的表演分寸把握极好）。另一增加人物四儿，从小被蝶衣收养并授艺，长大后背弃恩师夺演主角，对剧情和人物的深化大有助益。对喜福成科班班主的刻画，也很见性格光彩。所有这些，可以视为因改编者和导演、演员对于梨园旧事、燕京民俗和"文革"中的人性扭曲都比原作者更为熟悉，故能使之更丰满地展现于银幕之上。全剧将人物身世与国运兴亡紧密交结在一起——段、程二人从第一次合影的影楼上，看到学生反日救亡的游行；段小楼结婚，师兄弟反目，紧接着日军铁蹄进城；戏班师傅去世的大悲场面中，传来日本投降的喜讯；而段、程矛盾激化的高峰，是在"文革"的烈火中。这样交代时代背景，表层虽"实"，内里含"虚"：在几个时代中，人物所表现出的义气、然诺、误解、报复、嫉妒、趋炎附势或忘恩负义等，却是人类普遍的优点或弱点，不独是某一背景下的特产。这一种实中有虚，比《边走边唱》的"虚"易为人接受，也许正是后者比前者高明处。对于我来说，影片前三分之二写旧科班、旧梨园行的部分更为吸引，这也许是因为对过来人而言，"社会主义改造"和"文革"生活的描写或嫌其过实，或嫌其还不够实吧。

由于与凯歌的交往，我在看片时"如对故人"，此处不妨向读者略述一二。片尾字幕上有"艺术顾问陈怀皑"，陈老先生是凯歌的父亲，五六十年代拍过不少戏曲艺术片，如李少春、袁世海、杜近芳合演的《野猪林》。他对戏曲国粹的素养深湛，肯定对爱子的力作贡献了不少良策。他那清劲的面容和带福建乡音的国语，此刻又在我目前耳边。第二点想说的是，凯歌的第二部作品《大阅兵》中，有士兵同浴互相搓背的镜头，不少外国记者看后发问：是不是有意表现同性恋？那时凯歌答以确无此意，"我不知道中国军队中有没有同性恋，如果有也是相当隐蔽的"。也许是从那时开始（大约八年以前），他就有意涉足这一题材，遇《霸王别姬》剧本而终一尝试。

听说这部第一次为中国人争得金棕榈奖的影片在海峡两岸都遭禁演，后来又有弛禁的消息，这都是戏外之戏了。

（1993年9月《明报》多伦多版，本文略有删节）

【夕拾缀语】

我出国四年多以后，已完全脱离了中国文化界和文字生涯。听到陈凯歌的《霸王别姬》在戛纳电影节获得大奖，不禁回想起 5 年前与他在戛纳共度悲欢。因此重新提笔写成此篇，向当地中文报刊投稿。我自己觉得这时的文字能力已经有所退化，比较生涩了。因为是海外报章，我这时的叙事角度、叙述方式乃至用语地名，都发生了明显的变化。

文海逝波

《鬈毛》试疏

——致陈建功

建功兄：

昨天在报纸上见到谌容的一句俏皮话："现在在中国可以和个体户比美的，大概就是专业作家了！"她指的是不用上班，自主权多。其实，整天吆喝着"瞧一瞧，看一看"的个体户，能跟今日东渡、明日南游的作家比美吗？你平均两年一个中篇，个体户要像你这么自甘寂寞吃什么去？不过话说回来，你写活了告贷于个体户的"鬈毛"，花两年也值了！

我喜欢你《辘轳把胡同9号》《找乐》等小说的开放性结构。这种形式在《鬈毛》中更加圆熟了：信手拈来，开阖自如，以主观性极强的自语写出了客观涵盖极广的世态……记得5年前，你曾为《飘逝的花头巾》的纪实体结构沾沾自喜，那时我就以为你仍然被故事情节的躯壳所迷。而现在，你确实舒展开了。但我以为也不必把故事完全剔除，蛮现代的福克纳不是也讲了不少故事吗？让故事若隐若现，对于你的"谈天说地"也许是恰到好处的。

你写的卢森这个人物，像他头上天生的鬈发一样，够评论家们梳理一气的。他自认为"活得认真"，而周围的人都认为他玩世不恭。他对世情有着过人的清醒，也有着惊人的冷漠和偏颇。对时弊他冷眼斜睨，却拿不出建设性的行动。我接触的读过《鬈毛》者，有人说他像"垮掉的一代"，有人说他像"多余的人"。前者是因他在外形上太接近美国塞林格《麦田里的守望者》中的霍尔顿了，我以为你是不避借鉴其形而自己赋予其神的，用句旧小说评点的话，这叫"特犯不犯"。至于后者，我以为如果可以对"多余的人"作广义理解的话，便多少有些道理。"鬈毛"的社会、文化背景确与罗亭们大异，但他精神上的孤傲、与家庭和世俗的决绝、临事时的软弱和内省时的敏感、忧郁，不都与俄国上世纪那些少爷有些相似吗？"多余的人"郁达夫译为"零余者"，似更有味道，是因为"零"除了零头，还有孤零、飘零之意吧？这就提出了一串值得探讨的问题：在世态完全不同的今日中国，是否也可能有"零余者"？他们对社会的作用是否有积极的一面？如果有，怎样使其为世所用？

我看你在小说里要说的意思，至少有这样两个层次：一是如你的《小说起码……》一样，你要说做人的起码——别装孙子。这既是你自己素来的为人之道，是辛小亮(《丹凤眼》)、顾志达(《迷乱的星空》)、奉江(《飘逝的花头巾》)形象内核的延续，即人格的尊严、自立、摆脱荫庇，也是你对世人（包括自己）的呼吁：让我们的文学、我们的政治思想工作都更真诚些吧！带着这样的诚意去体察、去表现社会现实，便揭示出第二个层次：经济改革时期人与人关系的变化。在传统和现代的观念、东方和西方的文化、政治地位和经济实力诸对矛盾的作用下，人们各自做出或一本正经或嬉笑怒骂，或厌恶门第或艳羡发财等不同的反应。"鬈毛"与"盖儿爷"的关系，比"鬈毛"与父亲的矛盾写得更独具只眼。"盖儿爷"对卢森"活法儿"的不明白，金钱持有者对于权势拥有者的莫名的自卑感，是极深刻的一笔。你在《飘逝的花头巾》里曾写过的"围城"式的两种心理，在《鬈毛》里又展现了分别以政治传统和经济新潮为背景的两类人，蔡新宝的自卑不是他个人的弱点，而是普遍的社会情势的必然投影。而"鬈毛"是当代中国改革背景下一部分青年人总的写真。

这些感想不见得符合你的初衷，但大约也不像卢副总编对"鬈毛"剪发的理解似的——"猴吃麻花，满拧"吧？我不知道是不是有人会认为你在耍贫嘴，在为小痞子开脱。果然遇上这样的"满拧"的读者，你大概只好以"我起码不装孙子"一语对之了。去写你的下篇《前科》吧，我们等着呢！顺颂

夏祺

弟李彤

1986 年 6 月 29 日

《鬈毛》闲篇

——致李彤

李彤学兄：

不知你到我家时，是否留意过楼前那一片低矮衰败的排房。从6层楼上朝下望去，灰色的屋顶一排一排铺向远方，好像是翻起道道犁痕的土地。这比喻得之于我女儿3岁时的想象，有一次她也这样朝楼下望着，忽然指着那屋顶间突兀而起的养鸽阁楼喊道："拖拉机！拖拉机！耕地的拖拉机！"……现在是凌晨3点钟，那里又传过来屋门开阖的声音、推自行车的声音、空铁桶颠簸撞击的声音，还有用口哨吹出的"鞋儿破，帽儿破，身上的袈裟破"之类，时而深邃旷远，时而又仿佛近在咫尺。我知道这是捞鱼虫的"瘸三儿"出发了。天亮的时候,他的自行车会驮着满盛鱼虫的两只大桶,晃晃悠悠地来到附近的一个路口,开始和他的女朋友,一个总爱穿一件碎花连衣裙的姑娘,蹲在那里卖鱼虫。在这夜阑人静中忙碌的,还不只"瘸三儿"一个——黑黝黝的屋顶下,稀稀落落地亮起了灯光,那闪动的身影,是卖瓜的"倒儿爷"们在捣腾西瓜、哈密瓜、白兰瓜。也许,还有几个"板儿爷",会蹬着他们的平板三轮车,悄没声儿地冲上小马路。现在出去找活儿正是好时候,即使这时候他们也得把车子停在北京站附近的胡同里,躲开治安人员的耳目,到出站旅客中去招揽生意……我之所以给你扯了这么多闲篇,是因为我觉得,正儿八经地与批评家讨论作品,简直是班门弄斧,充当自己作品的阐释者更是愚蠢。不如坦率地把写作时的感觉说一说,也许,对于增进批评家和读者对你的了解,倒会有些微的好处。

这个窗口对于我来说是太重要了。3年前我搬到了这个住宅小区,没想到我所住的楼房正是这崭新与破旧、高耸与低矮的交界点。卧室里这扇向北的窗户，吹进来了"引车卖浆者流"居住的平房区的炊烟和尘土、嬉闹和怒骂，自然，也使我认识了"倒儿爷"们、"板儿爷"们，其中也包括了《找乐》里的李忠祥、乔万有，《鬈毛》里的"盖儿爷""馄饨侯"……如果他们仅仅作为一些新的人物走入我的视野的话，那是算不了什么的，因为新的人物、新的素材哪儿没有呢？我想告诉你的是，这窗口给我带来了一种认同上的危机感，它使我感受到了一种处境的悲哀——我指的不是窗外的他们，我指的是窗口里的自己。要讲清这种认同危机产生的原因，也许要写一本厚厚的自传。至少我要给你描述我从18岁到28岁中间，怎样也住在同窗外一样的排房里，在坦诚幽默的矿工们中间生活的；要给你描述人人羡慕的作家生活的烦恼——今天，我们为思想解放而欢呼，明天，也许又要为一个什么什么"主义"而反省；今天，我们为"创作自由"而热泪盈眶，明天，也许又要为一个什么"倾向"而作"捍卫"状、"义愤填膺"状。

这些，我已经在一篇文章里讲过了。过三天，我们还要去参加法律常识考试，作家协会的通知挺吓人，"考试结果装入档案……"你想吧，正当你打开《法律知识读本》，寻找"预习题"第八十题第二小题的答案，东勾西抹，以备"开卷"之需的时候，一辆平板三轮车从楼前驰过，蹬车的小伙儿粗犷而壮健，坐在"倒儿包"中间的姑娘开朗迷人，一路逗着、笑着，迎着落霞，赶去夜市支起钢管篷架，挂起色彩斑斓的时装……你不觉得自己活得窝囊，个性几乎沤烂，生命已经衰老吗？你不觉得"换一种活法儿"的急迫吗？你不觉得心中也骚动起哈姆雷特式的喜悦与苦闷、激情与烦恼吗？再看看你已经提到的《飘逝的花头巾》吧。其实，当我想到这些的时候，也不时地以一种自嘲的态度想到它。我知道这会使一大批曾经喜爱过它的读者失望，包括为它的获奖而投上庄严一票的文学前辈。可是又有什么办法？"不悔少作"自然正确，"不省少作"则更可悲。当窗口外正回响着新与旧、东方与西方、浪漫与现实、乐观与悲观等等纷繁的人生哲学、价值观念的撞击声、喧嚣声的时候，我还能为《飘逝的花头巾》里苍白而空冷、虚幻而矫情的关于所谓"人生支点"的"布道"扬扬自得吗？我能不对扮演的这种角色产生一种认同的危机吗？

作家就是在不断的认同危机中和不断的选择中实现自我的。这当然不仅仅指的是情感，也包括了表达方式。我不知道人们通过《鬈毛》的总体艺术形象能否感受到我的苦衷。同时我也毫不隐讳地再用一遍我在《陈建功小说选》自序里讲过的一句话："保不齐自己哪天又要把这些小说否定掉。"

请原谅我没能顺着你的思路更具体地谈谈《鬈毛》，因为我以为很多问题已经被你谈透了。某些过奖之处，我以为不吭声最好。这年头批评家们喜欢把作家神秘化，作家们也就不吭声，任之神秘起来，别拂了批评家们的美意。我也未能免俗。一笑。平心而论，你的信写得是很平易、质朴的，我很感动。不过我还是挺不落忍，作品毕竟太浅露了，没给你老兄提供一个"神秘神秘"

的机会。又笑。匆颂

秋安

陈建功

1986 年 9 月 3 日

(《中国青年报》1986 年 10 月 10 日)

【夕拾缀语】

作家陈建功是我在北京大学中文系文学专业 1977 级的同学，同班而且同宿舍。那时他刚刚发表了中篇小说《鬈毛》，《中国青年报》文艺副刊的编辑罗强烈约请我把评论写成通信的形式，再请建功兄回应，促成了这次文学对话。

残损的手掌与书的青山

危楼书香

牯岭东谷，离商业街口不远，有一座二层危楼。这里有一方书架环绕起来的静谧。

那是去年夏天，我到庐山图书馆去参观一个展览。当我把月光从一部纸香墨润的古书上抬起时，着实吃了一惊——迎上前来的馆长竟是一位严重烧伤的残疾人。我不愿详述他的容貌，只记得当习惯性地伸出手去时，曾略一犹豫，避开那僵硬变形的手指，轻轻握了一下他枯细的手腕……

他邀我们上楼。楼板在脚下富有弹性，发出不堪重负的吱扭声。他竟用那手指灵巧地打开一把锁,把我们引进书库。一股略带霉味的书香扑面而来,一架架书肃穆地立正,一只只硬木书箱默默地匍匐于地。他爬上高凳,用残掌夹下几册线装古籍:"这是《四明先生续资治通鉴节要》,明宣德四年刻本,到清代遭禁,在国内流传极少,已入全国善本书目。同样入禁书目的还有明版《皇明绳武编》《古今治平略》……"他还在谈纸张墨色,谈版心的黑口白口,我却在猜想,从那张已失庐山真面目的脸上,是看不透他的年龄和学历的。

"还有36000册西文书,打捆堆在东谷电影院的候映厅地上,至少霉坏了1/5……"

那是些什么书啊! 1771年伦敦版《法国和意大利游记》,1898年伦敦版《莎士比亚全集》,1892年伦敦版《汉英大字典》,如此等等。

我暂且顾不上慨叹,还是更多地关注这位馆长吧。他的名字叫徐效钢。

他一把撕掉镜子上的白纸

馆长原来是一位地道的武人。如果不是在15岁就入伍成为一名战士,他本可以像母亲所希望的当一名记者,或是如自己的爱好去研习物理。而如果不是因为当兵期间那件意外的突变,他也不会有迷恋上图书馆学的机会。

他之所以能够在1976年春天来到庐山,是因为这里的夏季气温对他那火海余生的身体略显宽容。在此之前,他熬过了近5年的医疗生活。病历上记载着全身烧伤面积83%,其中三度烧伤40%,唯有小腹一块皮肤尚好,后身历大小手术20余次。

从那一片洁白而又安详的小天地中走出来,他面对着一个多彩而又嘈杂的世界。你忍受得住无数陌生人那惊异的目光吗?你具备独立生存的能力吗?第一个考验竟是吃饭。图书馆没有自己的食堂,初到庐山尚未有家的他去饮食店吃饭,常因面容遭冷遇,并引来许多并不礼貌的注目;到外单位搭餐,亦不受欢迎。一次,他被一个食堂的会计拒之门外,他又羞又恼,旋即便是谅解:"他是怕我吓跑了他的客人。"此后,徐效钢咬紧牙关,自起炉灶,几乎天天以咸菜、面条果腹。从上山始到成家止,如是者凡五年。

他怎样才获得了这种极冷静又极坦诚、极自尊又极客观的处世态度?负伤后四个月,当他从护士端来的一碗红枣汤中,第一次看到自己的面容时,汤碗砸在地上。又经过几个月痛苦辗转,在伤后第一个夏天里,入庐山五一疗养院。(这难舍难分的庐山哟!)在这里,他找不到镜子,仅有的一面难以移动的镜子上,糊着一层白纸。这层凝聚着医护人员慈悲之心的白纸,被徐效钢一把撕掉。"干什么要这样做呢?我当时勇敢地干了,现在就要勇敢地面对现实。"

不是每一个人都敢于正视并勇于展示自己的真容的。因此,当徐效钢以残指撕掉蒙镜白纸时,他实现了一次战胜自我的飞跃。

进了庐山图书馆,他的第一项任务是看大门。他正是从大门起步,迈向图书馆学大厅深处的。对于他,那是一扇多么沉重的大门呀!

　　一早一晚,开门闭户,那伸展不开的手掌怎样拿起粗大的顶门杠?找好杠的重心,双臂捧,膝盖顶,头顶撑,非皮破血流不能掌握这项"技术"。还想去拖地板,怎样握住拖把?把手腕套在拖把杆上的绳扣里,拖不动了,再用牙齿助一把力……

　　他还自嫌清闲,又去帮读者介绍书目,翻卡片,找书。从老馆员那里,他知道了庐山图书馆曾有过多么值得炫耀的读者呀!1961年9月,毛泽东同志借阅《昭明文选》《元诗选》等。同月的一个晚上,周恩来总理亲临馆舍,借阅一幅大比例尺中国地图。而今天,川流不息的游山者,特别是他们中间的学者专家,就是我们的服务对象。这时,他开始用自己的行动续写庐山图书馆借书登记簿中的光荣。

　　1977年夏,为编辑中国古天象资料的几位专家查到并复制某书,此书他们在北京、武汉等地遍查不获。北京师范大学方志学家朱士嘉因此结识了徐效钢,引为知音。事后,他把一份自己编辑的《中国地方志综录》

修订打印稿寄来，请小徐帮助核对有否讹漏。为编此书，他又来信找吴宗慈撰《修志论丛》——也是一本多方寻觅不获的书，竟再次如愿。后来，这位老学者在某省政协会议上提出提案，要求国家重视庐山图书馆的建设，更好地发挥各种图书（尤其是外文书）的作用。他认为这些书国内罕见，应妥善保护、利用，如当地政府无此能力，则应由文化部出面解决。可惜，这提案尚无反响。

1979年夏，正在山上休息的文学史家唐弢收到自己一篇文章的校样，发现编辑把"如坐春风"一词解释错了。他急匆匆来到图书馆，徐效钢翻开《佩文韵府》，为他解决了疑难。老先生笑了，说这在北京、上海不难解决，但在山上居然也如此顺利，倒有些意外。几天后，他带着吕叔湘、张岱年等来馆里参观致意，小小馆舍一时"谈笑有鸿儒"，倒真使人"如坐春风"了。

至此，为人作嫁也成了充实自己的过程。书里有无限风光，无限滋味，可以开怀忘忧，可以养性怡情。目标明确了，他开始从生存走向创造。

残损的手掌抚过书的青山

他的路绝不如乘汽车直上四百旋那样飘飘若仙，而是好汉坡（昔日轿工登山之路）小道上步步滴汗（在他是步步见血）的攀登。

他赢得了信任，也赢得了新工作——清理5万余册解放前藏书。正是1976年红叶满山的时候，那些散乱旧书已尘封了多久？10年还是20年？他不知道。只听说因为庐山一度几成"夏都"，故馆藏民国时期图书中亦颇有些不可多得的。

他正准备带着更大的热情去钻，却首先遇到自己残手的推阻。登记造册，总得握笔写字吧？右手关节已失去功能，手指错位，没有指缝。试着再用绳子捆，但笔毕竟不同于拖把。"为了能写字，我横下一条心，抓起钢笔就往两个残指之间一塞，用力过猛，粘连的指缝被撑开了，鲜血顺着笔杆往下滴，疼得我浑身发抖，冷汗像黄豆般滚下来。既然已经撑开了，就得想办法，使伤口按握笔的要求重新愈合，否则不就前功尽弃吗？我用布条把笔和手捆在一起，咬着牙关一笔一画练下去，连晚上睡觉也不解开。不久，伤口感染了，每写一字，就从指缝里冒出一股脓水。我在清水里漂一下，再忍痛重来。经过3个月的折腾，被撑开的指缝从化脓到结痂，又从结痂到化脓，反复十多次，终于按照我的意愿长出了疤痕，并且逐渐磨成了老茧。"手能写字，于他是意义深远的一大成功。

时令已是寒冬，书库如同冰窖。他用手背将书一本本从架上夹下来，刷灰、修整、分类、登记，又一册册重新按类放好。那手是戴不上手套的，没干两天，手背植皮就被冻裂，沾上旧书上的灰尘，奇痒难熬，他揩干血，哈上一口热气，接着再干。哦，这是民国时期的银行周报、考察报告、财经清册，经济学家、社会学家会量出它们的价值吧？那是文人和官员们的赠书，看扉页或书箱上题赠者的名字：蔡元培、罗振玉、傅雷，还有陈布雷、熊式辉、沈长赓……数以万计的书从他手下流过去，散兵游勇排成了秩序井然的战阵，并全部有分类表和目录表可查。

写到这里，几句诗猛然跃出我的脑海："我用残损的手掌／摸索这广大的土地／……我把全部的力量运在手掌／贴在上面，寄予爱和一切希望……"那是诗人戴望舒在表达一种痛彻心脾的对祖国和光明之爱。当徐效钢真的用他那残损的手掌，在几年里一一摸过二十几万册中国文化的物质载体时，不也是在吟出一首带着悲壮意味的无声之诗吗？有用筋骨初具的手烧书者，有用丰腴圆浑的手指斥书者，然而亦有用瘦削嵌崎的手著书编书、用残损的手整理书者。如此，今人方不负中国文化的历史和未来、前辈和子孙。

1977年夏，全国各大中图书馆的善本室，都开始翻自己的箱底。"要尽快地把全国善本书总目录编出来"，这是周恩来总理的遗愿。善本书，一个让多少知识分子听了就如饮醇酿的名词！古人撰著、抄录、刻印了它们，历兵燹水火，沿时间长河传到今人手中，千百余一。为它们编目扬名，让每一个寻访者都知道它们在哪里，让每一部珍本都为今人和后人发挥更大的效能，谁说不该呢？但要干起来，在小小的庐山图书馆，谈何容易！

徐效钢站了出来："让我试试吧！"

你一个初中生（1969年毕业的初中生！）懂得历史学、文字学、版本学、目录学吗？古汉语读得懂几句？

发问者提到了版本学，他却不知道，徐效钢曾为自己的残疾军人证书制造了第二个版本。他要求组织上把"特等残疾军人"改成一等，在"丧失工作能力，生活不能自理"一句中加上"目前""完全"等限制词，其目的就是要工作，不要吃闲饭。此刻他站出来向版本学挑战，应当说正是当初制造第二个版本行为的合理延续。

守着书库，还愁没老师？从省古籍学习班归来，他搬出《四库全书总目提要》《增订四库简明目录标注》《中国目录学史》《中国书史简编》《古代汉语》等（以后积累为上百本），一字一句地啃起来。为了正确解释一个字，他遍查十几本工具书，逐书校勘，直到完全疏通文意。又是一个严冬，他再次一头扎进零下三四摄氏度的书库，用残手摸向更为古老的典籍之林。半年多里，他从山积的6万多册古籍书中撷英采华，发隐抉微，鉴定、著录出何者为善本,每一善本的成书过程、刊行年代、纸张墨色、款式装订都有他详细的说明和考证。整理过程中,作卡片近千张,资料记录了半尺厚。他又用残指夹着铁笔,刻印出庐山图书馆建馆45年来第一本古籍善本目录。这项工作结束时,他的手又磨掉了三个指甲,脱掉两层皮。

1979年,当面对着来自上海、南京、厦门的五位图书版本专家考核答辩时,徐效钢已胸有成竹,反而有心去观察专家们的神态。他们由疑虑转为惊奇,由惊奇而喜悦,而赞扬。徐效钢编目的善本书1360册,被华东善本书验收小组代表全国编目委员会全部顺利验收。当初看不起他的同志,改口尊称"徐老师"了。

1982年夏,美国哈佛大学图书馆的一位汉学专家,从中国报纸上读到此事,感到不可思议,长期困惑于心。次年,他向北京图书馆一位赴美讲学的研究馆员询问:此事是否当真?

"书似青山常乱叠",我想起了一副联语的上句。徐效钢对此不以为然,他联想起的是一个叠棋子的镜头。

那是在他告别医院之时,在残疾军人疗养院看到过的一幕。那是一个环境优美的消闲之乡,那是一种吃、穿、用样样有人服侍的安逸生活。但是,吃饱了干什么?他看到一个休养员,在那里反复地叠棋子,把棋子一个个叠起来,看叠多少个不倒,最高纪录是34个。徐效钢决然地离开了。

徐效钢的手是残损的,但他不愿叠棋子,他用这双残损的手把书籍叠(整理)至二十几万册。他更自得其乐。

红豆,仅供珍藏

我刚在属于他自己的那个小房间里坐下,小徐就递过来一本相册,我看到了一位姑娘的倩影和一家3口人的合影。那是一位相当漂亮的姑娘。我明白,小徐的自豪之意尽在相册中了。

1976年出院时,有好心人建议他向公家要电扇、要木头,更有人说:"还不让部队给你找个媳妇!"媳妇是可以像电扇、木头一样配给的吗？

5年间，小徐回绝过一位为回城心切才以身相许的下乡知识青年，又婉谢过两位从报纸上慧眼识"英雄"的陌路女性。他自以为并不自视清高，也不自惭形秽，他期待着通过自己的工作和事业，找到爱。

1981年国庆前夕，徐效钢与马冬云结婚，这消息在庐山曾轰动一时。现在，小马在庐山电影公司当出纳，孩子芫茗已4岁。

我只问了徐效钢一句："开始，你们两人谁主动些？"他答："当然是我。"后来，他又在信中补充道："马冬云愿意跟着我的基本爱情观是：一个人事业要成功，得有两只翅膀。一只是他的理想、信念、才气、吃苦精神，另一只是他的和谐美满的家庭生活。我帮不了你什么忙，但结婚以后我们一起走到街上去，就没有人再敢小看你了。"

听说小马对记者的采访一向不愿配合。我想，每人都有自己一个秘密的角落，唯其秘密，才更珍贵。"书似青山常乱叠"的下联是"灯如红豆最相思"。红豆，就应该是仅供珍藏,不供展览的。我不想打扰这位可敬的妻子了,最终没有见她。

徐效钢毕竟是个男子汉,他偶尔有"展览"红豆的时候。一天晚上10点多,徐效钢为一位深夜来访的青年打开馆门,这位南昌青年便向徐效钢敞开了心扉。他由于失恋,准备到庐山跳崖轻生(爱情的伊甸园也曾多次成为爱情的坟墓,有人说这是那部电影的感染力所及)。徐效钢便给他讲自己的恋爱史,希望他自信自强。时近子夜,青年告辞,主人仍未释疑,想送上一程。青年正色道:"请你放心,我一定努力工作,好好生活。"第二天一早,他就登车返南昌上班去了。

靠着自信力和贤妻的助力,徐效钢把不幸转变成了有幸,但他仍然不愿把这称作"幸福"。难道他就不曾想到过那个可怕的、一了百了的字眼吗?他曾对某家报纸的记者说:"有一张报纸上写着,一个因公负伤、断了腿的人感到非常幸福。我认为,这是不真实的。说老实话,像我们这样的人是很苦的,可以说死比活着更容易。但是,一个人来到世界上,对周围、对社会是有义务的。如果一遇不幸就轻生，自己对党、对社会的义务由谁来完成呢？那样做未免太自私了吧！"此番话，似可视作他达观外表后面的内心依据。

从大会堂回到新馆工地

8年间，徐效钢4次出席图书馆学界的全国性专业会议，3次宣读论文。1980年，在杭州西子湖畔，他被吸收为中国图书馆学会会员。他撰写的21篇图书馆学和历史学论文，散见于全国、省、市三级专业刊物。

但他仍然是一个学生。这里还有另一种简历：1982年，考入广播电视大学语文类专业，1985年毕业，各科平均成绩83分；1983年，参加全国图书馆界业务职称考试，平均成绩88.6分，名列全省第一，取得助理馆员职称。3年里，他是怎样坚持学下来的？泪管阻断，双眼剧痛，汁腺闭塞，盛暑如蒸，他都熬过来了。3年里，没有一个晚上能在12点钟以前睡觉。挑灯夜读，那才叫"灯如红豆最相思"呢！现在，他继续在学，比如外语和计算机。

去年冬天,即在我告别庐山3个月后,又在中央电视台《新闻联播》节目中见到了他。他到北京来了,参加全国先进党支部和优秀共产党员事迹经验交流会。北京市委请他在人民大会堂演讲,面对着一万名听众,市委书记叫他别紧张。他想起从前作为游人参观大会堂时,是被工作人员催着撵着跑着看的。如今在当中坐着,一二百位区县局干部都坐在他身后,能不紧张吗?又到中南海怀仁堂讲了一场,参观了紫光阁。他知道,这是对先进人物的惯例,也许京城里的人们对此并不以为然。然而他承认,对于从火海泥沼里滚过来的他,这本身就是一种褒奖。

从他在这次会议上的发言材料中,我才第一次获知了他火海蒙难的详情(我不忍让他当面详谈)。1971年10月24日,一场特大火灾突发于江西吉水县松油加工厂。17岁的战士徐效钢与几十位战友一道,一次次冲入浓烟火海,抢出一箱箱物资。那几秒钟里的一切细节都终生难忘:"一堆满装松节油和松香的铁桶烧着了,我和战友们不顾一切地把油桶推滚到车间外面去。只剩下最后几桶了,油桶原来瘪陷的地方已明显鼓胀,用脚一蹬,胶鞋底、尼龙袜和脚板便黏成了'三合板';用手一推,掌心的皮肉便黏在油桶上,像炸煎饼一样吱吱作响。我咬紧牙关,忍住剧痛,推滚着不断膨胀的油桶。突然一声巨响,油桶爆炸了……"

这一次性的冲锋与那毕生性的攀登结合起来,才是一个完整的徐效钢。

因为他忙,在北京我们竟失之交臂,他匆匆赶回庐山了。他已是一馆之长,有更多的事压在他那仅仅45公斤重的残躯上。此刻,他一门心思想的是图书馆的改造革新。什么知识爆炸、信息革命,都与图书馆有关。他蛮有信心,因为"四化"肯定离不开图书信息;他也常怀忧心,因为图书馆事业显然还没有赶上"四化"的步伐。

我知道他从来不是个安分守成的人。他曾提出图书采编的改革方案,使采编员从一年分编4000册增加到12000册。他曾主持改编了馆藏图书分类法,又把排检法由四角号码改为汉语拼音。那么,当了馆长的他又要有什么动作?

"利用我馆的 50 年历史、40 万册藏书,利用我们的地理优势,办成全国第一家旅游图书馆!"这是他在那座危楼中对我宣布的。

徐效钢走过的道路使我相信,这不会是心血来潮的故作惊人之语。他又补充道:"早在 1980 年,我就有了这样的念头,这些年的工作可以说都是这个思想的实践(再回头看看他在几次全国性会议上宣读的论文题目吧:《庐山图书馆工作重点转移初探》《论我国公共图书馆的社会平衡作用》《新技术革命时期图书馆工作的思考》)。现在图书馆在社会上地位很低,除了客观原因,主观上是我们工作做得不好,基础理论比较单薄,研究、工作方法比较陈旧,甚至还是封建藏书楼那一套。"

他提起了古代藏书楼。庐山的"李氏山房"颇值得记上一笔。北宋人李常,字公择,在五老峰下的白石庵中藏书万卷,所谓"鸟鸣蝉噪更幽处,中有人藏万卷书",苏轼曾作记赞之。这正是庐山图书馆事业的最初端倪。

"藏书名山，传之后世"，毕竟传之不远，效用甚微。我们还是着眼于开放交流，着眼于当代人生吧！

"我想通过自己和馆里的努力，把庐山图书馆办成地区性的信息中心、学术中心、文化中心，为旅游事业提供第一流的文化服务。目前看起来是我们热情有余，外界兴趣不大，只有一步一个脚印走好了。"

且看庐山图书馆事业的最新信息：本文开头描述过的那座危楼，终于即将告老退休，为紧挨近旁的一座新馆舍所代替。徐效钢曾以他的不能出汗之躯，冒酷暑去南京协商建馆事宜。南京工学院建筑系主任鲍家声教授欣然主持设计，方案要求：地方特色的外形风格，现代化的内部装修，公共图书馆的功能。它将拥有 500 个阅览座位，一个 300 座的讲座厅，可容纳 80 万册藏书，总面积 3100 平方米（约相当于三个半现在的旧馆）。另外，通信、电视、微机检索、传真、复印、供暖、安全监测、防火等一系列附属设施也将逐步配齐。第一期 1000 平方米于去年 9 月开工，现已挺起了腰身，预计今年 7 月可投入使用。他又当上了监工，装了一脑袋水泥、钢材和工程进度，还有那尚无着落的第二期工程经费。

霞光里，云雾中，他逡巡于这片杂乱而富有生机的工地上。他想到了首都紫竹院湖畔那座宏伟硕大的北京图书馆，一大一小两座新馆将于同一天竣工。这只是一个纯属偶然的巧合吗？

（《人民日报》1987年6月28日，《新华文摘》同年第8期转载）

【夕拾缀语】

1986年秋，我奉派赴江西采访庐山文化节，其间发现了庐山图书馆馆长徐效钢这个人物，因而深入采访，半年多后写成此文。在此之后，徐效钢有数部专著出版，担任过江西省残疾人联合会理事长，并曾在省政协任职。

话说"书城"

——访北京图书馆新馆总建筑师杨芸

杨芸,城乡建设环境保护部建筑设计院顾问、总建筑师、中国建筑学会理事。曾参加北京展览馆、斯里兰卡班达拉奈克纪念国际会堂等建筑设计,主持了巴基斯坦伊斯兰堡体育中心和北京图书馆新馆设计。

记者:北京图书馆新馆竣工在即,您能否从建筑美学、从民族化风格与现代化功能的关系方面,谈谈您的设计意图?

杨:应该首先说明,北京图书馆是一座规模庞大、使用功能极其复杂的建筑群组,是我们国家一项重大的文化建设工程。对这项工程,上上下下关心者极多,我们的方案是在很多方案的比较、淘汰、综合过程中逐步完善的。因此，很难讲是某个人的设计意图。

记者：那么就请您解释一下现在这样设计的道理吧。

杨：我们进行了一次创造具有中国风格的图书馆建筑的尝试。从整个平面布置来说，主要遵循了我国传统的手法中轴对称，布局严谨，高低错落，层次丰富。

记者：有人认为对称式的美已过时，追求非对称才是当代审美意识。对此您怎么看？

杨：问题恐怕不这样简单。在我们的方案获得批准，开始进行扩大初步设计时，正是1978年年底，我们有条件对国外先进的图书馆建筑进行深入的调查研究了，也有可能对当代国际上的建筑思潮进行分析思考。这时国际建筑思潮正处在大变动的时代。20世纪20年代，西方四位现代建筑大师受立体主义绘画的影响，提倡形体简单、不尚装饰、突出几何块面的所谓"世界建筑"。一时间从纽约、巴黎到东京、香港都是"方盒子"式的高楼。从50年代到70年代，又出现了所谓"后现代主义"学说，他们反对所谓"世界建筑"，而主张要继承与发展建筑的历史，要使建筑创作保持地方特色，要更多地满足人们精神上的需求。了解了这些，有助于我们确立设计思想，也间接地回答了那个对称与非对称的问题。

记者：如何继承传统，恐怕还有一个"古为今用"的"化"的问题吧？

杨：当然。在建筑形式的传统继承上，我以为有两条途径。一条是取其精神，把传统样式进一步抽象化，而不直接用大屋顶，即所谓"神似"。日本著名建筑师丹下健三设计的东京代代木体育馆，就是"神似"的成功例子。第二条途径是仍然采用大屋顶，如20年代的燕京大学，五六十年代的民族文化宫、中国美术馆等，应谓之"形似"。我个人觉得"神似"是更好的创作途径，但如果在北图这座国家重点工程上作那样的尝试，恐怕不易为人理解和接受。可是作为80年代的设计者，总该比前辈们有所前进吧？况且仿木结构的大屋顶必然极厚重、烦琐，与它下面这座现代建筑群的坚实形体难以协调，再说大屋顶的内部空间也很难利用。我们的眼光越过明清建筑，而从汉魏画像石、石窟浮雕和出土明器中取法，把屋顶设计得线条粗放、简洁有力。现在你能够看到的北图新馆大屋顶，实际上是坡度平缓的四坡顶，屋顶上的脊吻造型经过了简化。我们对门窗大小比例、细部和色彩也进行了着意处理……

记者：这可以说是一种略有抽象、略加变形的"形似"了，或者叫"似与不似之间"。如果读者身临其境，又将处于怎样的空间环境中呢？

杨：馆的内部设计不搞烦琐豪华的装修，而着重于改善阅览及工作条件，探讨完整的空间处理。全馆除阅览室外，按照读者的流程和活动情况安排了门厅、出纳厅、休息活动大厅等五个大小不等的活动空间，形成了几种不同的空间序列，内部空间变化比较丰富，且有两条通廊连接其间。馆中央有两个室外的中国花园式庭院，室内也有树石水池组成的小庭院，并重点布置陶雕壁画及建筑小品。这样的内外渗透，形成了"馆中有园"。而在选址时已考虑到借用毗邻的紫竹院公园的湖光山色，又可说是"园中有馆"了。

记者：这就像颐和园借景玉泉山塔，又是民族传统手法的恰当运用。

杨：请你一定不要忘记写一写李培林总工程师、翟宗璠副总建筑师，这座建筑是靠他们带领技术人员和工人苦干4年，才由图纸变为实体的。为了北图新馆，我干了9年，李总他们干了12年，人一生有几个12年呀！大楼立起来了，我静待各方面的批评。特别是由于没有摆脱大屋顶形式，也许难免尚有"新古典主义"之嫌吧。

（《人民日报》1987年7月4日）

【夕拾缀语】

1987年，北京图书馆（即国家图书馆）在海淀区紫竹院附近的新馆建成。这件文化大事，超出了文艺部分管的范围，报社科教文部却没有派人，是由我一人报道的。此题材符合我的兴趣，我积极地多次造访，采访了总建筑师、总工程师、馆长、副馆长等多人，后写成专访、消息、述评、画刊引言、书评等体裁的十多篇稿件,发表于《人民日报》的不同版面,还兼及外报。这是第一篇,纳入《文心探访》栏目。

工艺美术：神奇而又亲近

人手能够灵巧到什么程度？恩格斯在《自然辩证法》中这样举例形容："仿佛凭着魔力似的产生了拉斐尔的绘画、托尔瓦德森的雕刻以及帕格尼尼的音乐。"站在北京民族文化宫全国工艺美术展览那流光溢彩的正厅里，你会感到至少在灵巧这一点上，我国的工艺美术家们与那三位大师比肩而立，是毫无愧色的。

玉器，恐怕是最古老（可上溯到6000年前）又最贵重（早有"价值连城"之说）的工艺品了。扬州玉器厂顾永俊、黄永顺等设计制作的碧玉山《聚珍图》会引得你啧啧称奇。那原料色泽碧绿深沉，质地圆润缜密，是来自新疆坞纳斯山的一块可遇而不可求的巨大子玉。设计者超越时空，聚四川乐山、大足，洛阳龙门和大同云冈四处大佛于一体，辅以千峰竞秀的壮丽河山，并点缀上漫游其间的古装人物。借他山之石佛以"攻玉"，故赵朴初题字"妙聚他山"。而聚于这座一吨多重的玉山上的又岂止四座大佛？它把玉料的天然美和人工的艺术美结合起来，把圆雕、高浮雕、镂空雕以及内雕和外雕的技法结合起来，也许这才是"妙聚"的含义吧？扬州主人自豪地提起了故宫珍宝馆中的玉山《大禹治水图》，那是200年前扬州工匠的作品。可喜的是这座《聚珍图》已与北京玉器厂的珊瑚雕《梅兰菊竹》等一起，被国家评为珍品收藏，将永传子孙。

你也能饱览一批陶瓷的名窑精品。淡雅端庄的汝瓷、龙泉青瓷，古朴清丽的景德镇青花瓷，石湾美陶和宜兴紫砂陶自不必说，一件据称前无古人的瓷雕宫灯最为引人注目。它高1.25米，以5只凤凰作为灯檐，垂饰7000多环瓷键，60根瓷链灯珠挂满四周。主体分内外两层，透过外层镂空的窗口，可见内层薄胎瓷上悠然转动的百鸟朝凤图。从注浆成型、手工镂空到高温烧制，湖南省陶瓷研究所的邓文科、黄建明、张金秀为它耗费心血一年又8个月。

你可知象牙雕刻的各地特色？北京以圆雕、浮雕的人物花卉见长，上海以细花镂刻景物取胜，广州的多层牙球、通雕画舫素负盛名，还有福建的圆雕人物和南京的仿古牙雕……广州大新象牙工艺厂的《双凤朝阳》，以并列的双双凤为船身，船上参差错落地叠起十余层楼台，旌旗灯火之间，散布着3500多个神态各异的人物。北京象牙雕刻厂的《长恨歌》，则把白居易诗意化为形象，在一支整象牙上描画出唐明皇与杨贵妃的爱情故事。

会令你发出奇巧之叹的远不止此。北京雕漆厂的雕漆镂空花篮盘、扬州漆器厂的点螺《锦绣万年春》台屏、四川渠县中学教师邓秀虎书写的10万字唐诗折扇……还有石雕、木雕、花丝镶嵌、景泰蓝、玻璃料器、文房四宝等等，非这篇短文所能尽数。还是周谷城副委员长的题词概括得好："神奇制作，高度文明，有美皆备，无物不精。"

如果只是名贵奇巧，那它离普通人毕竟远了一点。你若走进其他几个展厅，便立刻会理解工艺品的实用价值，体会到一种与生活融合的亲近感。西一厅里鳞次布置的几个生活间,会使你恨不能身居其间。重庆"听竹斋"琴棋书画室、广东南海"藤苑"、苏州古典式红木家具套间、山东腊杆家具起居室、湖南益阳竹艺起居室、浙江东阳木雕酒家……各是一个配套完整的生活空间,各具地方、传统特色又适应现代人的需要,各自蕴含着一派恬淡自然的文化气息,可用可赏,可居可玩。童小鹏同志在"听竹斋"下了几着棋后说:建宾馆何必什么都进口呢?如果轻工和旅游部门合作,就用这样的风格来装饰宾馆,并与风味食品配套,一定会大受欢迎。两天后他的预想就得到了证明:许多外国朋友当场掏钱订购,一些中国观众也来打听价格。

在抽纱、刺绣、工艺服装、金银首饰、地毯、竹藤草柳编织等展台前,徘徊着兴趣十足的家庭主妇和姑娘们。而在展出旅游纪念品、民族民间工艺品、玩具、礼品等的二楼展厅,成人们凝神驻足,孩子们隔窗窥探。你还能说工艺美术品是远离普通人生活的吗?

算起来,这是第三次全国工艺美术展览,上一次是在1978年春。1982年以来国家征集的工艺美术珍品(以后将入藏中国工艺美术馆），荣获1981年以来历届工艺美术百花奖金杯和在国际上获奖的作品，全国30多位工艺美术家的代表作，以及近几年涌现出来的优秀产品，都汇聚于此了。因此可以说，这次展览是党的十一届三中全会后9年来工艺美术行业成果的一幅"聚珍图"。轻工业部的同志说，工艺美术既体现社会的物质文明，又体现社会的精神文明。1986年，工艺美术在轻工业总产值中仅占5%，但出口创汇却占轻工业出口总值的1/3以上。而在国内，它也要满足不断增长的人民美化生活的需要和旅游业发展的需要。不是闲情逸致，也不是雕虫小技，意义大着呢！

当我在这篇文章的题目下署上名字的时候，竟隐隐感到不安。因为我看到在多数工艺美术精品、珍品上，都不见设计制作者的名字。你说，当他们手的灵巧足以与拉斐尔和帕格尼尼并列的时候，还不该让他们的名字流传四海、流传后世吗？

（《人民日报》1987年7月15日）

【夕拾缀语】

之所以会派我去采写全国工艺美术展览,是因为我在上大学以前,曾经做过六年的工艺美术工人,制作景泰蓝。1972年,我就作为业内工人,参观过首次展览。由我写这个题材,该算是内行。现将本篇编入,也是作为我的一段人生记录。

北京图书馆采访札记

一、在近代型与现代化的转折点上

北京图书馆（以下简称"北图"）新馆在敞开大门，每天迎进四五千名读者的时候，正从后门以每天七八十吨的速度，向基藏书库填充图书。从文津街7号到白石桥路39号，8辆卡车还要穿梭往返两个月，跑上1400趟。迁居的1378万册（件）文献将排满1.55万个钢制书架，书架格连起来长达185.5公里，比即将开工的京津塘高速公路还长得多。

然而，这仅仅是一次浩繁卷帙的空间移位吗？

56年前，北图也曾有过一次大迁徙，那就是1931

年从几处旧馆舍迁入北海西侧的文津街新馆。这尽管并不具有质变的意义,但也标志着近代图书馆模式的最终形成。此前的京师图书馆,馆藏基本上是从明清皇家继承来的古书,读者入馆还需购阅览券,每券铜元两三枚。1929年,北海图书馆并入,才使馆藏的西文书刊大量增加;新馆一开,又废止了入门购票。尽管有人把中国图书馆的始祖追溯至老子(他担任过守藏室之史),但真正意义上的图书馆毕竟不是继承祖制而来。1909年,清政府京师图书馆之设,是西学东渐的产物;1917年,始接受国内出版物缴送本,也是"仿西洋各国之通例"。可以说,北图的近代图书馆模式,是本世纪初中国人睁开眼睛看世界的结果。

1987年,北图的第二次大迁徙,其历史背景是不言而喻的。它理所当然地被视为近代型图书馆向现代化迈进的转折点。12年来一直关注着北图新馆建设的万里说:"中国应该有一个世界第一流的图书馆。"那么,除了馆舍宏大、馆藏丰富,"第一流"还有什么含义?现代化图书馆的标志是什么?或者说,北图新馆区别于旧馆的质的飞跃在哪里？

美国图书馆协会主席韦奇沃思认为，"现代化的图书馆有两大标志：一个是计算机的应用，一个是缩微技术的应用"。北图有的同志又补充了一条：图书开架阅览。这里，我们权且按下另一个不容忽视的方面——功能不谈，先看看在北图新馆已初具规模的物质条件。

在新馆南一区二层，藏书30万册的中文图书外借库已开始用计算机进行书目和流通数据管理。把读者借书卡和所选书后的条形码放到扫描器下一晃，借书手续瞬间便可完成。科学文献检索室里的光盘微机检索系统已开始为读者指点迷津，机编《中国国家书目》的工作也已开始。当然，这不过是小型计算机略显身手的某些子系统。

北图目前已收藏缩微型文献38万余件。缩微技术既相对扩大了馆藏空间，又解决了保护珍藏和方便阅览的矛盾，可谓功德无量。从今年12月开始，读者可以在新馆中专设的缩微文献阅览室内，通过35台通用型阅读器而"见微知著"。

开架，是新馆较旧馆在阅览室管理和文献提供方式上的显著区别。新馆50%以上的阅览室实行开架或半开架，全馆开架图书量达100万册左右，阅览室与书库的功能在这里彼此融合。五年以内的中文、两年以内的外文书刊，都在书架上任读者浏览选择，这对读书人将是何等便捷而快慰的事！

不少记者都在以完成时态描述北图新馆的现代化程度之高，而北图的主人们却要冷静、客观得多。谭祥金副馆长的说法是："新馆的建成，给我馆向现代化过渡奠定了一定的物质基础，但还任重道远。"这并非谦辞。以最具代表性的计算机为例，北图规划中的书目自动化总体目标所包括的四个子系统，目前最多只能说完成了一个半。整个系统的核心部分，即由两台大型计算机组成的采、编、检索综合子系统，还有待引进安装。

那么，何时和怎样才算实现现代化呢？北图主人拿出了一份切实而步骤分明的规划：1988年以前完成搬迁，全面开馆，改善管理和服务（下列8个具体目标）；

1990年以前，中心计算机系统安装调试完毕，开始建立中西文书目数据库，部分业务工作开始自动化管理，深入开展文献研究和参考咨询服务（下列6个具体目标）；到1995年，建成多文种、多功能的电子计算机系统，中、英、日、俄文书刊联机，采访、编目、检索系统逐步交付使用。这时的北图，才能说羽翼渐丰，将开始全面履行国家图书馆职能。"至此，可以视为本馆的现代化基本实现。"这是北图人庄重的预告，因而也必须为之苦干8年。

在新馆文津厅那镌刻着一部中国书史的紫砂陶雕壁画前，记者不禁发出这样的联想：社会生产力发展的水平决定着知识信息载体及其传递的物质手段，而后者往往又决定着图书馆的基本面貌。试想，人类连竹简或纸都不会制造的时候，当然谈不上图书馆；而当书籍还只靠手工抄写时，又有谁舍得让它在公众中流通？壁画中描绘的最近的一幅历史图景，乾隆敕撰《四库全书》，当时抄写者逾3800人。因此，与其说古代藏书楼的封闭模式是由于人们狭隘的私有观念，不如说是由于图书文献生产的原始方式所限定的。而今天，缩微胶片、光盘、音像制品等多元化的载体，计算机等电讯化、网络化的传输手段，不也在改变着近代图书馆的格局和功能吗？这就不难理解：北图所以在80年代发生第二次转折，并且把实现现代化的期限定在20世纪末的前5年，都绝非偶然了。

二、硬件亟须软件匹配

记者的认识随着采访的深入而深化——计算机＋缩微＋开架仍然不等于图书馆现代化。胡沙副馆长认为，那些只是现代化的物质体现。离开这些物质，现代化就是空想，而有了这些物质，也仅仅是掌握了手段。图书馆现代化的另一个含义在它的功能方面，行话谓之：更好地发挥情报功能，也就是搜集、加工、传播知识信息，更有效地为社会所用。"知识宝库"是人们熟知的形象说法，而今，图书馆要同时成为"知识喷泉"。与其等人家来入库探宝，何不主动地向社会喷放知识信息？这道理当然好懂，但要实现它，就必然引来一系列的改革、调整，甚至伴随着阵痛。

有人很精当地用硬件和软件来比喻北图新馆的设备与人员素质之间的关系，是软件决定着硬件功能的发挥。而北图新任馆长任继愈的比方更为通俗："谁都知道演戏要有剧场、舞台以及各种设备，但有了这些不等于有好戏演出，好戏要靠演员、剧本、观众等配合。同样的道理，没有现代化的设备不能实现现代化，而让现代化设备发挥作用还得靠人。真正的现代化是买不来的。关键是人的现代化，人的观念的现代化。"

现任的北图负责人都痛切地认识到：北图在管理、服务水平上与先进国家同行的差距，主要源于从业人员文明程度、学识水平的不足，还有观念的落伍。

新馆的物质面貌，引起外宾惊讶，华人自豪，但他们马上就提出了管理维护的问题。假如把它交到一些文明程度低的员工和读者手里，其销蚀损耗之快，也将令人吃惊。北图为培养新馆中新人的精神面貌，已提前两三年着手准备。今年5月，全员培训，学习《北京图书馆员工文明行为暂行规范》。此规范凡4章223款，其中有些条款，在记者看来是相当严格或过分拘谨的，如："不准将食物、餐具带入办公室和阅览室。""单排扣的西装，任何场合都不应全部扣上。"……但北图的领导说：图书馆是培植社会文明的园地，所以它的文明程度应该高于社会水平。这是一场移风易俗的大变革，每一个员工只要不想被北图除名，就不能不受到触动。

更让人担心的是学识水平，堂堂北图里曾出过这样的事：读者来借辛亥革命以前的报纸，管理员却不知"辛亥"为何物。西方人常说"图书馆员无所不知"，一些发达国家规定大学本科毕业生须再读两年图书馆学获硕士学位，才有资格进图书馆做专业馆员。而现在北图的专业人员中，具有大学本科以上学历者仅占32.7%，专业职务中的助理馆员和管理员却达65%以上。这样的专业队伍结构，显然与国家图书馆的盛名，与开展研究、咨询的使命不相称。在30年代，蔡元培、袁同礼任正、副馆长时期，北图同人中曾涌现出二三十位国内一流学者，文史方面如向达、谭其骧、孙楷第、谢国桢，图书馆学方面如刘国钧、钱存训等。在这一点上，今日的北图是有些愧对先贤的。现在，北图领导既对青年人鼓励培养，又有计划地充实更新，更倡导形成浓厚的学术研究氛围。搞研究不是不务正业，也不单是个人事业，而正是现代图书馆的题中应有之义。不是要提供广泛和主动的信息服务吗？图书馆内部的学术研究正是提高这种服务的质量与效率所必需的保证。

陈旧的观念更是现代化的阻力，这里既有社会上普遍的积弊，也有图书馆中特殊的问题。一个外国代表团参观后发表感想说："中国的图书馆总是夸耀藏书量多，我们的图书馆则是夸耀借出图书数量之大。"这就是说，要改变闭馆锁库、重藏轻用的观念。一位中学毕业的青年把别人聊天或织毛衣的时间用来搞创作，身边便议论蜂起，部门领导也出面指责。这又是一种平庸无碍、冒尖有失的小生产观念。可喜的是，情报信息、开放交流、开拓竞争等新的观念已成为北图建馆的主导观念，那位发表过几篇小说的青年也已被提升为学术活动服务部副主任了。

北图人，似乎不像北图新馆那般引人注目，然而他们在更本质的意义上，决定着中国国家图书馆现代化进程的快慢与成败。他们提出：要利用新馆巨大的物质存在，化作精神影响造福于社会。而我们则可以相信，有用文明、学识和现代化观念充实起来的北图人，那座宏伟而崭新的大厦，绝不只是个空洞的躯壳，那将是一个软件与硬件匹配的整体。

三、一座"书城"与两千多个支点

记者是在北图新馆正门外看到花岗岩墙上那一排镏金大字时，才得知北图的英文馆名是 The National Library of China，即中国国家图书馆。国家图书馆的概念，对许多北图的常客也是陌生的。

今年3月，15位医学教授、副教授投书一家报社，对北图新馆将实行的外文新书仅供馆内阅览、两年以内不外借的办法表示不满。北图的答复同时在报上发表："不同类型的图书馆功能是不同的……据我们了解，世界各国的国家图书馆除开展馆际互借外,一般不对个人提供外借,只提供阅览。本馆考虑到我国的实际情况,一直实行提供外借服务,这在世界国家图书馆中是种特例。"

胡沙副馆长对记者详谈了国家图书馆的含义:它当然要对公众开放,但并非等同于公共图书馆,更不同于大学图书馆、专业图书馆。国家图书馆的特殊职能是:作为国家书库,接受国内出版物的缴送本,是国内文献资料的最终查询基地;是国家书目的编制中心;为中央政府服务,为决策提供资料准备。胡副馆长提到美国国会图书馆馆员甚至为参议员写发言稿,实际已成为决策机构的智囊机构。

作为国家图书馆,北图收藏文献的特点是品种尽可能较为齐全,但限于空间和财力,复本量必然较少。对于它来说,并不是外借越多、流通率越高形势越好。在北图,始终存在着外借与阅览的矛盾,个人借书证发出了一万多个。但统计一下阅览流通拒绝率,在拿不到书的失望者中,有 64.4% 是由于书被外借。试想,外地读者千里迢迢专程来查某书却不得见,心中是什么滋味?而本市没有外借证的科研人员又会说:凭什么这书多被教授持回书斋,而讲师难得馆内一阅?此外,大批涌来的电大、业大学生也冲击着科研人员用书。

读书人多起来了,当然是天大的好事,但北图馆舍盖得再大,也难以兼顾从教授到中学生所有读者的需要,正像它的近邻——首都体育馆不能把所有体育爱好者都迎进去打球一样。这样,我们就须把目光移向北图之外。在记者的追问下,主人发出感慨:我们的公共图书馆太不发达。

仰视"书城"涌起的自豪感,在下列数字面前大打折扣:在我国,平均44万人才有一个公共图书馆;人均拥有的图书馆藏书量不到1/4册;人均占有图书馆经费只有0.12元,人均购书费仅4分钱;因馆舍陈旧狭小,全国有2000万册书上不了架,相当于几十所中型图书馆或一个半北图在尘封休眠;设备和管理的落后更不待言(其实,北图的经费也不富裕,它的购书费大体上相当于美国国会图书馆的1/30、日本国会图书馆的

1/10)。北图须以国家图书馆之肩额外为公共图书馆挑担子，原因正在于此。

图书馆人满为患的另一面，是相当一部分人对图书馆事业的轻视。1983年，本报曾发表一条某地区教育学院教导处副主任敢顶不正之风的消息，北图人对此一直"耿耿于怀"。消息写道，当事人向上级反映，3名走后门来的青年教师（干部亲属）"不能任教，只能安排卖饭票、管图书"。这位知识分子干部竟不能区分后两种劳动的不同，北图人对此深表遗憾。文化落后并不可怕，可怕的是以更为落后的观念看待文化。我们的图书馆事业就要在这样的基地上建设，而北图又需以全国图书馆事业的发展为依托。提高整个民族的科学文化水平，这是一个艰巨复杂的系统工程。如果只孤零零捧起一座先进的北图新馆，那不成了文化匮乏的家庭中一架当作摆设的钢琴吗？

现在，全国共有2406座公共图书馆（其中2/3是近10年中新建的），北图人一律称之为"兄弟馆"。但从整个社会文化结构的角度看，不妨说它们都是国家图书馆的支点。在横向关系上，现在有馆际互借，将来还要有计算机联网，以实现情报资源共享。在纵向关系上，则应形成一种彼此互补的梯级层次，一种提高与普及、专业研究与初步求知之间的大致分工。目前，大多数公共图书馆都在改革开放的道路上迈开了自己的步伐。辽宁地区由省图书馆牵头，以市馆为中心、县馆为基础的"为星火计划服务协作网"，被农民亲切地称为"致富站""参谋站"。广州图书馆5年来实行大面积开架阅览，读者入馆无须任何证件，年均读者上百万，书刊借阅册次达到藏书量的2.8倍。这无论对我们的国家还是对北图，都是好消息。

1980年5月，中央书记处在听取当时的北图馆长刘季平汇报后，通过了《图书馆工作汇报提纲》。书记处认为："将来还可以考虑把北京图书馆搞成个中心，建设全国性的图书馆网。"北图新馆工程就是在那次会议上决定上马的。1987年8月，在北图新馆建成之时，中宣部、文化部、国家教委、中国科学院又联合发出通知，提出"要加强图书馆设施建设，必须发挥中央、地方、部门和单位的积极性；要有计划地扩建、新建一批省、自治区、直辖市和大城市图书馆"。"今后，图书馆经费应随着国家财政收入的增长而有所增加。同时，必须随着书刊价格提高幅度，增加图书馆购书经费。"这对于北图和所有图书馆，对于中国文化的千秋大业，无疑是更好的消息。

最后，记者愿提到一件尚少人知的事实：北图新馆的地基处于河道区，土质松软而不均匀。那河的名字叫长河，让人联想起我们的文化，似乎也是这样源远流长而又基础不牢。施工中，向地下揳入了130根直径1米的钢筋混凝土桩，地面上的巨厦才得以坚如磐石。"书城"与支点的关系，再无须多说了。

（本文分三篇，分别刊于《人民日报》1987年11月8日、10日、13日）

嗓门远不如诚挚重要

——《人民日报》文艺部首次"文化沙龙"小记

编报纸要吸引读者，于是想开辟花样翻新的专栏；编报纸要仰仗作者，于是想联络笔下生花的文友；编报纸还需要更广泛的关系和影响，于是联系上一批舌灿莲花的演员和有心栽花的文化经理们。编报纸的不甘心整天枯对着稿纸和铅字，编报纸的不愿意只在电话里和研讨会上去结识朋友。想想看，编者、作者和既是读者又是新闻人物的演员们——一批文化人欢聚一堂，愿引吭者登台，愿交谈者促膝，唱者尽兴，谈者尽情，那是什么劲头？

我们《人民日报》文艺部联合北京地质礼堂娱乐中心就办了这么一个"文化沙龙"。它首次活动是在3月

1989年3月24日,在北京地质礼堂举行的《人民日报》文艺部"文化沙龙"。《人民日报》记者陈志摄

24日,正逢"两会"召开之际的一个春夜。地点就在地质礼堂这个有艺术电影院,有台球场,有卡拉OK歌厅的文娱之苑。

"今天的活动叫'文化沙龙',尽管沙龙这个词曾经比鲨鱼还可怕……"代表主办单位的蓝翎以杂文语言致开场白,他强调沙龙之中,人人平等。150多位来宾中不乏当今中国的文化精英,有全国政协委员,也有领导干部,介绍时皆以姓名相称,不带职衔。

自称长期自费订阅《人民日报》同时也为《人民

日报》写一点小文章的郁钧剑，除自己唱歌，还愉快地担任了节目主持人。场中轻松的气氛和观众颇详内情的"点将"，调动起一位位文化名人的表演欲望。魏明伦扯开"莎士比亚的嗓门"唱一段川剧；被称为"酒仙"的杨宪益借着醉意哼了两句英语的《一路平安》；郁风即景编词来上一曲民歌；晨耕、张非也合唱了他们年轻时熟悉的小调；潇洒的张贤亮和拘谨的沈鹏各讲一段据说是本人经历的笑话，同样使人开颜。陈昊苏在卡拉 OK 带的伴奏下，虽然节奏和音调都不那么准却极为认真地高歌一曲《雪城》主题歌，被公认为优秀节目之一。

专业演员们献技自有更为地道的拿手好戏。程琳为显示自己长大了，呈上一首《沙的吻》；姜嘉锵把在场的刘文金谱曲的一首李白诗唱得抑扬顿挫，胡松华依旧献上一曲蒙古语的《赞歌》。陈佩斯和朱时茂称演小品对他们来说已经像吃面条一样吃伤了，于是各自演唱了一首流行歌曲，终不免需要郁钧剑在旁相助。陈强一曲黄世仁的唱段提醒人们不忘他 40 年前那个角色，而朱琳30年前所饰《蔡文姬》的一曲《胡笳十八拍》,绕梁直至今日。王景愚时而是以稿拭泪的"悲剧作者",时而是未开口先笑倒了自己的讲笑话人,一悲一喜两个独角戏形象引得全场捧腹。由演员转为编剧的黄宗江不知该归入专业组还是业余组,他谢绝了用英语演唱娄阿鼠的邀请,而模仿他在黄佐临先生门下的师兄石挥当年的腔调,唱了两句变味儿的京剧:"酒逢知己千杯少,话不投机半句多。"

几位见多识广的文人皆如此评价:有些节目在别处难得一见,有些节目放到春节电视晚会中也毫不逊色。

书画家们乘兴挥毫。方成、苗地作漫画人像,韩美林作大写意骏马。黄苗子以法度严整的篆书题一幅"此处不可小便",据黄宗江作注,其意在响应亚运会之前北京市政府重开文明教育的号召。黄永玉画了一幅八哥,题款为:"在音乐中嗓门远远不如诚挚重要"。这是在安慰刚才登台的业余演员们呢,还是在讲为人为文之道?

未登台者也不仅仅来当观众,是沙龙也是文人交流的雅集。我看见写小说的刘恒与拍他的电影的谢飞、姜文在切磋剧本；打美国回来的苏炜和去法国拍过片子的张暖忻长时间交谈。在一张张圆桌旁聚首的，还有孙大光、范荣康、李仁臣、牟建华，有尹瘦石、吴祖光、郑榕、邵燕祥、袁鹰、牧惠、刘征、从维熙、林兆华……群贤毕至，可惜不能备举。

说了归齐，沙龙的结果要体现在版面上，编报人在沙龙上也忘不了约稿。我们向每一位到会者递上一封约稿信，上面写道："本报文艺副刊拟设《文化沙龙》专栏……只想请些文化人，谈些日常事，于时下惯于以'大文化'笼而统之的各类现象里，探幽抉微，阐发妙理。……谈天说地，随感而发，文不必锦心绣口，话不必艰涩深奥，平易朴直最妙。……文化人面对'文化滑坡'似乎也无可奈何，但可以做一点建设性工作，也许能为眼下的文化困境排解一点忧难。"

"文化沙龙"将举办下去，作为一个专栏，也作为一种聚会。我们当然不可能请每一位读到这篇小记的朋友都来参加，但你们将在报纸上分享其结果。我们记着呢，最终的受益者应该是你们。

(《人民日报》1989 年 4 月 1 日)

【夕拾缀语】

《人民日报》文艺部举办了这次"文化沙龙"，我有幸被指定执笔，写成此篇公开报道。当时称为"首次"，计划继续举办下去。

侨心百年

1998年2月25日，多伦多的一家医院里，107岁的老人伍俭于吃过中饭，在沙发上坐了三个小时，然后说累了，要小睡一会儿。下午5点，当人们想唤醒他吃晚饭时，发现老人已安详故去，无疾而终。

小儿子，71岁的伍卓生想起来，老人早有嘱咐：办我的身后事不要太浪费，省下钱帮帮国内的穷孩子。

正好一年以前，老人曾上过中央电视台的屏幕。中央台在多伦多摄制海外频道的春节晚会《风雪桑梓情》，王馥荔到老人家中采访。那时，他是加拿大近百万华裔中，硕果仅存的最老一位。

老人的阅历，就是一部华人移民的百年史。广东台山的男人，向有放洋的传统，所以那里成了侨乡。当伍俭于三岁时（1894年），父亲就以"卖猪仔"的方式去了加拿大。1902年，11岁的孩子藏在一艘轮船的水箱里偷渡，在日本横滨被发现，遣返香港。两年以后，父亲替他缴了500元人头税，伍俭于合法进入加拿大。他在一年里英语过关，从酒店行李接待生做到了领班。21岁那年，青年伍俭于随父返乡娶亲，婚礼之隆重在乡间久久传诵。七八个月后，父亲和新妇都留在家乡，伍俭于只身返加，独闯天下。台山的女人也有守空闺做怨妇的传统，此后伍俭于每隔六年返乡一次，所以他的三个孩子，每人相隔六岁。

伍俭于在多伦多连开三间餐馆，一干四十多年。他积极地参与社会活动，加入伍氏公所，参与抗争、募捐等活动。多年后他还怀着敬仰之心回忆起怎样见到来访的孙中山先生，并协助筹款讨袁。为了社区活动的需要，他学会了广州话，可以流利地演讲了。

老人生前是否知道中国的"希望工程"？不能肯定。可以肯定的是，一位在空间上远隔半个地球的老人，一位在时间上已在异国定居94年的老人，在他尽享天年之际，想到了中国穷乡僻壤失学的儿童们。这是为什么？

或许因为他越是饱尝幼年失学之苦，便越是重视教育。他的两个儿子，13个孙辈，全部大学毕业。

或许因为他越是远离祖国，便越是心怀故土。1963年，年过古稀的他初访北京。他常说惦记国内的穷孩子们，90年代初曾几次捐款给台山家乡的英甲小学。

而这一次，他身后的捐款，落到了他完全陌生的北方——吕梁山区，山西兴县的三所小学。这并非出自有关方面随机性的偶然选择，而是因为老人还有一支骨血留在北京。

当我听说，老人现年83岁的长子现居北京，是"三八式"老干部的时候，我感到在一个始于悲怆终于圆满的常见华侨故事中，突然增加了一抹传奇色彩。

在多伦多一家酒店的咖啡厅里，伍卓生先生饶有兴趣地向我们介绍他的大哥：大哥原名伍卓智，现在叫赵斌——我母亲姓赵，任北京体育学院副院长30多年。抗战时日本人打到南京的时候，他正在金陵大学念农科，

1938年去了延安。我们之间15年未通消息。1949年年底到1950年年初,我从加拿大返回国内找他,在家乡收到了他发自太原的信,我要去太原见他,他回信说北方太冷,还是回乡相见。初见面时,他已不能讲广东话,几天后才恢复过来。此后一别又是20多年,70年代初,加拿大总理特鲁多访华,邓小平陪他参观北京体育学院。我在电视上见到,那代表院方接待的不就是大哥吗?1973年我回国,在北京兄弟再次相见,大哥言语谨慎,问什么都不说。1978年大哥带球队出访巴西路经多伦多,那时还只能我去旅馆看他,他不能随便出来去我家。后来,当先父100岁、103岁寿辰时,大哥两次来加。看,这就是我们当时的全家福。这次,我问大哥对捐款地点有什么特别的考虑,他写下了他最怀念的,当年工作过的两个村庄。

当太平洋战争的战火燃到香港时,伍卓生正在那里读初中三年级,他亲眼见到日本战机来袭,还以为是演习。1948年,伍卓生陪母亲一起赴加,那是战后加拿大政府改变政策,允许华人家眷和21岁以下子女来加团聚的第一批。他还记得当年从香港乘船18天到旧金山，转火车两天到温哥华，再三天三夜到多伦多，前后25天。而44年以前伍俭于来加时的航程，是乘"日本国王号"船，25天抵达温哥华，再乘七天七夜火车到温莎市。时代的进步不仅是旅程缩短，伍卓生也不必再走打工、开业之路。他进了怀雅逊大学读出版管理专业，1959年毕业后，进入多伦多大学出版社任职，直到1987年，从经理职位上退休，其间主持出版了大批书籍。问他哪些书最值得提及，他举出学术性的有当时多大中文系主任、前英国首相丘吉尔的政治顾问杜布森（W. A. C. H. Dobson）教授所著《中国古语》和《早期中国古语》，而畅销书则首推加拿大前总理皮尔逊的回忆录和世界级人像摄影大师卡什（Yousuf Karsh）的《世界名人摄影集》。据说他是多伦多大学历史上，担任最高行政职务的华人。

伍卓生认为，当代的加拿大华人，已不应仅满足于衣食温饱了，对政治的关心与投入应是新一代华人的追求。无论是在职时还是退休后，他多次全力投入市长、省议会的助选，并于 1986 年参与创立安大略省华人自由党。1986 年，他陪同多伦多市长艾格顿访华，促成多伦多与重庆市结为友好城市。1988 年，他与安大略省能源部长黄景培（华裔）到北京参加世界能源会议，把加拿大的"重水系统"介绍给中国。1997 年，伍卓生作为加拿大华人代表之一，应邀赴香港观礼回归大典。退休后，他丝毫未得清闲，反而繁忙更甚，每天工作时间不是以前固定的八小时，而是十小时以上。他担任着全加华联总会主席、大多市中华文化中心副主席等十多个社团职务，长期活跃于主流社会和华人社区之间，是众所公认的华人社区侨领，三次获得加拿大政府的奖励。71 岁的伍卓生自己开着车到处跑，自称"赛过小伙子"。就像当年他父亲苦学广州话一样，伍卓生在多伦多学会了普通话，可以与我们无碍地交流。

伍卓生有两儿两女，他的长子伍思聪也是一位多伦多的名人，1948 年随父移民时，他刚刚满月。在约克大学英国文学系毕业后，他曾进 IBM 电脑公司，30 岁投身警界，在大多市警队服务 10 年，经验丰富，破案率高，被提升为沙展（巡官），被誉为"华人罪案专家"。他于1992年辞去警务工作，1993年代表保守党参与角逐国会议员，以不大的差距败给自由党对手。有趣的是那正是伍卓生所属的政党，父子二人并非党内同志。1995年，伍思聪重返警队。

当我们把眼光从伍俭于个人的百年史放大到伍氏一门四代的百年史，便看到了一部更为完整的跨世纪移民奋斗史。从餐馆、洗衣房走向政治殿堂，从寄人篱下的客居心态转为主人翁的社会责任感。移民，并非永远是客人。

1998年3月2日，伍俭于的葬仪在多伦多某殡仪馆举行。多伦多的女市长贺珀励亲临致祭，联邦政府两位部长致电吊唁。中国国务院侨办、台山市政府也发来唁电。葬礼虽不铺张，仍可谓备极哀荣。

老人治丧期间，各界致送的吊金奠仪共10206加元，这笔钱汇到北京中国银行中国青少年发展基金会"希望工程"捐款的专门账号上，换得人民币6万元，用于资助三所在山西兴县的小学，每校2万元。1万元作购置电教器材之用，另1万元资助25名失学儿童。这三所小学是：蔡家崖小学，原贺龙元帅司令部所在地；李家湾小学，原抗日军政大学第七分校所在地；另一所由兴县领导选择。

故事到这里还不能结束，就在老人去世的前三天，1998年2月22日，在多伦多成立了一个新的华人社团组织-——加拿大北京协会，由以北京人为主的大陆新移民组成，他们聘请伍卓生担任首席顾问。成立会上，副会长刘靖基一通神侃，赢得满场共鸣。不约而同，他也提到了要捐款给国内的穷孩子们。会后他们即致信北京"希望工程"的发起单位，不久中国青少年发展基金会回信响应，双方一拍即合。8月，100多幅动人心魄的"希望工程"展览图片运到多伦多，不久前落成的大多伦多中华文化中心将免费提供展出场地。就在我采访伍卓生的同时同地，北京协会还在与文化中心的副主席伍先生商议展览的细节问题。展览还将觅址向主流社会展出，然后移师纽约。今年12月，中国青少年发展基金会将派团访加，在此期间将掀起向

"希望工程"捐款的高潮。

一位先侨故去了,一批批新侨走来了。爱国爱民的侨心代代传承,并不以百年为限……

(《人民日报》海外版1998年10月3日)

【夕拾缀语】

此文是我离开《人民日报》后,投稿发回的唯一一篇。张翎曾与我一起采访伍卓生。她读此文后戏言:"文章硬如铁,一咬一嘴血。"我想,一方面这是因为我确实不会像她那样锦心绣口,软语温言。另一方面,我太知道报纸的篇幅所限,要把百年间事在千余字里交代清楚,哪还容得下文字上的包装修饰呢?

红楼偶得

当你站在巨人肩头……

——电视连续剧《红楼梦》观感三题

二百多年前的一个兔年之冬,脂砚斋读到《石头记》黛玉葬花一段,批曰:"此图欲画之心久矣,誓不遇仙笔不写,恐亵我颦卿故也。"这当然是带着强烈感情色彩的极言,却也道出了把文学形象化为视觉形象之难。今又逢兔年,《红楼梦》以全豹登上了芹、脂不知为何物的电视荧屏。正如许多可尊敬的剧作家和红学家已经指出的那样,无论是作为电视剧还是作为《红楼梦》的移植品,比较而言,它均属上乘之作。然而,当我意识到编导者是站在巨人肩头时,便不得不将它与巨人比肩,以品评名著的标准来审视它了。此时,需要的是尽量不带感情色彩的平心而论。

表现：比生活流更"飘逸"些

这里说的是与再现相对的表现。读过一篇拍摄侧记，记住了导演的一句话："无非是日常生活流。"这话说得既有见地，又有疏漏，漏在"无非"二字上。《红楼梦》之所以成为一部难以企及的巨作，很大程度上取决于它实现了现实主义与浪漫主义、再现性与表现性、塑造典型与创构意境、写实与写意等一系列对立范畴之间的超越。能把平淡的生活流表现得饶有情趣当然不易，但曹雪芹是否还有些更超脱、更"飘逸"（借用导演启发"宝玉"语）的东西呢？在对荣、宁二府和大观园中现实生活的描写之前或者之上，曹雪芹制造了一个充满朦胧、虚幻色彩的大意境：补天玉石，木石前盟，绛珠还泪，太虚幻境，僧道穿插，甄玉映衬……直到"遍被华林"的悲凉之雾。它表现着作者升华了的思索和独特的审美理想，它是现实主义躯干上一件适体的浪漫主义彩衣，并非用避祸或虚无等解释就可以轻视或否定的。

现在，表现与浪漫的最典型段落——太虚幻境被改编者删落了，我感到殊为可惜。它不是对封建时代妇女"万艳同悲"命运的总括式的慨叹吗？它不是在预言着宝玉和众姐妹的生平遭际吗？它不是作者寄予了深意的一个龌龊现实的对立物吗？它不是"红楼梦"（见于曲名）和"金陵十二钗"（见于册名）这两个重要名目的出典之所吗？它不是提示着全书脉络，因而长期地被第五回为纲说者视为论据吗？尽管二十年前出现第四回为总纲说，尽管我们不必为这二说判别高下，但既然电视剧中为葫芦僧保留了如许篇幅，为什么不能对警幻仙略表宽容呢？

真假虚实之间的关系及其转化是《红楼梦》一大妙处，此等处也最容易使改编者感到困惑。大观园中雪里红梅，潇湘馆中翠竹苍苔，那么大观园到底在南在北，何须拘泥？《红楼梦》中引入了那么多诗赋，化用了那么多诗境，而诗的本质属表现性的"虚"，这与本质上属再现性的连续剧能否融合无间？宝玉的"飘逸"，源出于雪芹精神境界的飘逸。而要在电视剧《红楼梦》的总体把握上显出飘逸神采，则要求编导能自觉地着眼于再现与表现、写实与写意的结合。前六集尚未"飘逸"起来,且寄希望于今后的全剧。

情节:"复原"之得与含蓄之失

久闻连续剧对八十回以后情节的处理引起了纷纷议论,因未见真容,不便置喙。而在第五集中出现的那前八十回中唯一一处大手术切口——"秦可卿淫丧天香楼",便颇有资格作为改编者再创作的代表性情节而供人评说了。

首先,须将这一回之改与后数十回之改予以区分。后数十回,雪芹原作"迷失无稿",舍程高续作而新创,岂好事哉?乃不得已也。无论效果如何,其斥伪返真的动机总是应该肯定的。而秦可卿这一情节则不同,原作俱在(经雪芹受命于脂砚而自行删改过的原作),何必舍修改稿而另拟"原稿"?斥伪返真,究竟返到何等地步方算得真?经作者本人"对清"为"定本"的修改稿算不得真?"假作真时真亦假",《红楼梦》中的问题往往先天注定了具有如此的复杂性。

然而此一改写又几乎无一细节无来历。读俞平伯先生的《论秦可卿之死》，深膺其鞭辟入里；读脂砚斋评，益信"淫丧"说之确凿；还能从读不到的"靖本"上得知"遗簪、更衣"诸细节。尽管如此，我看这一段时仍感到不舒服，难信它是无缝天衣上原本固有的经纬，这又是何原因呢？

试想，曹雪芹"将可卿如何死故隐去"，除了脂砚所谓"是大发慈悲心也"，是否也有艺术上的考虑呢？于是我恍然：深沉含蓄，是《红楼梦》的又一大妙处。没有这样一点将褒贬锋芒深藏于端庄正色之后的容量，还成什么大家风度？"原稿"意浮气盛，失之浅露；"改稿"则是春秋笔法，皮里阳秋。若以含蓄风格为代价去交换所谓原貌，岂非得不偿失？是不是也可以姑念《红楼梦》整体的蕴藉含蓄之美，而对雪芹的改稿略示尊重呢？

那么秦可卿到底怎么死的？电视剧总不能像小说那般隐晦，存心与"一次过"的观众过不去；也不该轻饶过那罪魁贾珍，磨钝了这支揭露封建豪门丑恶的尖锐投枪。而这与含蓄应当可以兼容。笔者曾阅北影筹拍的影片《红楼梦》剧本，其中秦可卿与贾珍在天香楼的幽会，以几个暗示性镜头交代，颇见匠心（顺便补充一句，北影脚本中亦保留了太虚幻境一节）。不客气地说，我怀疑现在电视剧中那几个"皮肤滥淫"的镜头，有在清汤中"撒胡椒面"以取悦部分观众之嫌，似乎仍残留着《敌营十八年》的遗风。

返本不应弃其精而就其粗，考证不应离开整体的艺术格调而独出特立。看来万事都有个"度"，如果艺术家过分"学者化"了，也不一定是好事呢。

结构：在连续剧与章回体之间

曾听到友人批评这部连续剧结构不够流畅，情节不曾贯通。在这一点上我却愿为编导者辩护：这本是客观障碍大于主观所能，难以幸免的啊！

文学巨著改编之难，不必身历过也能体会得到。《红楼梦》不仅有一般小说的线索多元化和情节多维化，它还是一条"首击尾应"之龙，正是脂砚所谓"云断山连"，所谓"草蛇灰线，伏脉千里"。而电视连续剧的特点则由观赏时的随意性所决定（观众不一定从头顺序看到尾），要求线索清晰连贯，每集各成段落。这中间不是存在着本质上的必然的矛盾吗？

除对立性外，也有颇具意味的同一性。《红楼梦》达到中国古典章回小说高峰，又与《水浒传》或《西游记》或《儒林外史》不同，从整体和骨子来看，曹雪芹已经不知不觉但却实实在在地向现代意义上的长篇小说靠拢，《红楼梦》中那章回体的说书陈套已在淡化，或者说只剩下了一个外壳。说来有趣，二百多年前曹雪芹已开始摆脱的一套旧路数，在今天最现代化的一种艺术形式中反需要强化之，这似乎是现代化与旧传统之间的一个倒退现象。难以理解吗？却大有深意在焉。这意，不在让现代化返回旧传统，而在文学与电视两种艺术之间的区别，在雅文化与俗文化之间的区别。编导者若能自觉地注意到章回体与连续剧之间这些微妙的关系，当有助于作品结构的流畅和开阖自如吧？于此我又想到，越成熟的文学作品越难改编，越考验着改编者是否成熟。

这流畅的问题似乎还可以在后期制作中稍加改进，譬如剪辑，譬如加些旁白。须知曹雪芹就在行文中偶尔跳出来旁白啊（或自称石兄）！在流传中，有些旁白和脂砚斋批混在一起了。然而脂砚斋也并不讨嫌，他不是为此次电视剧改编提供了很多助益吗？能不能让新的旁白也对观众有所助益呢？

（《文艺报》1987年3月14日）

【夕拾缀语】

写这篇评论时，电视连续剧《红楼梦》还只试播了前六集，其余部分还在后期制作中。我只看了这一点，就迫不及待地抢着发言了，这意见至今不悔。发表后被北影著名导演谢铁骊看到了，他当时正要开拍系列电影《红楼梦》。他当面对我说："我可不敢站在巨人肩头，我顶多抱着巨人的脚脖子！"

书影功成慰雪芹

——读影印列宁格勒藏抄本《石头记》

虎兔相逢之际,有事关红学的两件大事。多数人只知其一——拍了三年的电视连续剧《红楼梦》终于现身荧屏;而对于红学研究者来说,更为之庆幸的恐怕还是后者——耳闻已二十余载的列宁格勒藏抄本《石头记》终于影印出版。

1832年(清道光十二年),一位在北京客居三载的俄国传教士库尔梁德采夫因病返国,带回了一部抄本《石头记》。书在异乡,寂寞百年,无人问津。直到世纪60年代,苏联汉学家李福清才注意到它孟列夫共同著文公布了这一发现。中外红学转引录关于这一版本的材料,备极重视,却见。二十年间,得睹真容的中国人仅台湾潘重规教授一人而已。1984年12月，我国专家冯其庸、周汝昌、李侃三位同志冒严寒访问列宁格勒，目验此本，并与苏方达成协议，由中国艺术研究院《红楼梦》研究所和苏联科学院东方学研究所列宁格勒分所合作编订，交中华书局影印出版。李一氓同志为此赋诗云："……价重一时倾域外，冰封万里识家门。老夫无意评脂砚，先告西山黄叶村。"其辞颇能代表许多珍爱民族瑰宝的我国学人的喜悦之情。

据初步研究，这个抄本的抄定时间当在乾隆末年到道光初年之间，以嘉庆年间（1796—1820年）最为可能。至于此本的价值，笔者以为择其要者可以归纳为三点：一是此本正文属脂砚斋评本系统，保留着脂批七八十条（少量为此本独有），可供与其他脂本互校。二是此抄本的某些部分（如十七、十八回已分开）显得比著名的庚辰本晚，而另一些部分（如七十九、八十回连成一气尚未分开）又呈早于庚辰本的迹象，这种复杂的版本现象已经引起专家的争论，有待深入探究。三是此抄本与诸脂评抄本相比较为完整（仅缺第五、六两回），